밑줄과 생각

밑줄과 생각

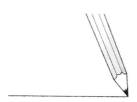

작가
정신

작가의 말

문장 밑에 밑줄을 긋고 잠시 생각에 잠깁니다. 사건을 겪고 경험을 통과하는 동안 어떤 장면과 어떤 풍경, 어떤 말 앞에 멈춰 섰습니다. 그 밑으로 투명한 무엇이 그어지고 깨달았습니다. 기억이 되었구나. 생각이 되었구나. 내 감정, 내 감각이 되었구나. 저절로 생성되는 건 하나도 없었습니다. 무엇을 읽거나, 무엇을 보거나, 무엇을 경험한 후에 가능한 것들이었습니다.

밑줄 긋는 것이 좋습니다. 그 문장이 몸과 마음에 천천히 스며드는 시간도 좋습니다. 그 언어와 내 언어가 섞이고 남의 언어를 닮은 새로운 나의 언어가 생기는 것이 좋습니다. 밑줄이 그어지면 책은 책 이상이 됩니다. 단어와 문장에 그어진 한 줄의 흔적은 마음에도 그어져 있습니다. 문신처럼 흉터처럼 남아 내 삶의 일부가 되었습니다. 저자와 악수하고 인물과 포옹하고 이야기와 연결되는 느낌. 이보다 좋은 것을 아직 경험해본 적 없습니다. 밑줄 옆에 내 생각을 메모할 때가 있습니다. 저자는 자신의 책을 이렇게 지저분하게 읽는 독자를 좋아할까요? 모르겠습니다. 불쾌할 수도 있겠죠. 하지만 저는 누군가 제 책을 지저분하게 읽어주면 좋을 것 같아요. 내가 쓴 문장 옆에 그린 서툰 그림과 여백을 채우는 낙서들. 커피를 흘리거나 눈물을 쏟거나 비밀스러운 얼룩과 까닭 모를 핏방울이 묻어 있어도 좋겠습니다.

한 줄의 문장. 그 밑에 그은 한 줄의 밑줄. 그 곁

으로 여러 생각들이 만들어지는 책이 되었으면 합니다. 공감과 동감의 끈으로 친구와 연인과 가족과 마을과 세계가 만들어지듯 같은 생각 같은 감정으로 우리가 엮이고 뒤엉켜지면 얼마나 좋을까요. 그래서 비슷해진다면. 마침내 같아진다면. 거울처럼. 유리처럼.

문장과 문단. 마음 하나하나 살펴줬던 황민지 편집자님께 감사를 전하고 싶습니다. 응원해주고 도와주시지 않았다면 책을 펴낼 용기를 낼 수 없었을 겁니다. 읽어주시는 분들. 특히 감사합니다. 계속 쓸 수 있는 힘은 쓰면 누군가는 읽게 된다는 믿음 때문입니다. 저 역시 언제나 당신의 성실한 독자로 살겠습니다.

차례

· 작가의 말   5

한 줄의 문장

· 좋은 글   15

· 여기 아닌 다른 곳   19

· 스물셋의 올빼미   24

· 내게 없는 내 목소리   39

· 운명을 사랑한다는 것   50

· 삶을 움직이는 두 개의 진동   59

· 생각하는 자는 멀고 깊은 곳까지   64

· 미래를 지키는 이야기   73

· 그것에는 아직 이름이 없다   81

· 잘츠부르크의 팽이   89

· 리얼 월드   102

한 줄의 밑줄

· 자책하며, 쓴다   111

· 그림자들   121

· 유니크들에게   126

· 별것 아닌 것 같지만 도움이 되는, 두부   133

· 미래 생각   147

· 세 번의 언덕   154

· 한여름 이 생각 저 생각
   —읽기와 쓰기에 관한 열 개의 메모   165

· 기이한 전개 해피한 엔딩   177

· 춤추는 자의 춤   184

· 당신이 본 것과 내가 보여준 것   192

· 내가 만난 슬픔 씨   196

한 줄의 생각

· 소설의 기술　　　　　　　　　　　　　203

· 끝나지 않는 아이러니　　　　　　　　211

· 마음을 태우는 작가　　　　　　　　　215

· 귀 있는 자들에게　　　　　　　　　　223

· '고통'이라는 '불명료함'에 반대하며　228

· 감각하는 앎　　　　　　　　　　　　237

· 나는 사랑해서는 안 될 소설을 향해
　나아가고 있습니다　　　　　　　　　250

· 서술자들이여 우리가 다정해지자　　255

· 대답하소서　　　　　　　　　　　　267

· 뫼르소에게 묻는다　　　　　　　　　275

· 미화하지 않고
　패배를 아름답게 말하는 기술　　　　281

· 인간의 변호사　　　　　　　　　　　293

· 숨 쉴 곳을 찾아 떠난 이에게   297

· 작가를 떠난 영혼에게 건네는

  열 개의 쪽지   308

· 소설이라는 부력   321

· 밑줄 그은 책들   338

한 줄의
문장

' '

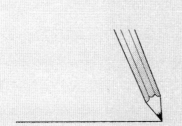

좋은 글

택시를 타고 광화문을 지날 때의 일이다. 진눈깨비가 내리는 추운 날이었다. 길이 막혀 가다 서다를 반복하는 지루한 공기 속에서 룸미러로 기사와 눈이 마주쳤다. 그가 내게 물었다.

"당신은 무엇을 하는 사람인가요."

평소 같았으면 그냥 가볍게 웃고 말았을 거다. 계속 물으면 그냥 이 일 저 일 합니다, 라고 답하며 깊은 대화로 발전되는 것을 막았을지도 모른다. 하지만 그땐 그렇게 대답하지 않고 답을 신중하게 생

15

각했다. 그가 질문 전 이렇게 말했기 때문이다.

"길도 막히는데 잠깐 대화나 나눌까요?"

그 제안은 상당히 매력적이었고 딱딱한 마음을 부드럽게 만드는 신비한 힘이 있었다. 나는 답했다.

"공부합니다."

경험상 소설을 쓴다고 하면 다소 곤란한 대화가 이어지기에 그렇게 답한 것이다. 그가 다시 물었다.

"무엇을 공부하시나요?"

"문학입니다."

"문학이요?"

그는 고개를 돌려 찬찬히 나를 살피고는 한참 뒤 앞을 바라보며 말했다.

"대단한 걸 공부하시는군요."

그리고 이렇게 말을 잇는 것이었다.

"글 쓰는 사람들이 좋은 글을 써줘야 이 세상이 좋아지는 겁니다. 그랬다면 이렇게 사람들이 시위할 일도 촛불 들 필요도 없었을 겁니다. 먹고살기 바쁜 건 알지만 다들 책도 안 읽으니 이 모양 이 꼴이 된 거예요."

난 뭐라고 답해야 할지 몰라 작은 소리로 말했다.

"그러니까요."

택시에서 내려 생각했다. 좋은 글을 쓰면 세상이 좋아지는가? 그리고 이어진 하나 마나 한 고민. 문학이 세상을 좀 더 나아지게 할 수 있는가? 정말? 설마.

그러나 가을 지나 곧 겨울을 향하는 이 동굴 같은(터널이라고 하고 싶었지만) 시국에 이런 질문은 사치스러운 것 같다. 그럼에도 지금은 이 질문을 지겨워하지 않는 인내심이 필요한 때 아닐까? 의구심과 회의감을 뒤로 미루고 할 수 있는 걸 해야 할 것이다. 잊지 말아야 할 것을 잊지 않을 것. 잘못된 것을 잘못되었다고 말하는 용기를 낼 것. 이 모든 것이 무뎌지고 익숙해지고, 마침내 무관심의 심연으로 침몰할 때마다 계속 상기하여 끌어올리는 근력으로 끈질기게 버티며 힘을 낼 것. 답답한 불의의 세계를 조소하고 조롱하는 것에 그치는 것이 아니라, 목소리를 내고 변화를 꾀하며 물길을 바꾸는 손과 발과 말이 필요하다. 문학의 방식으로 우리 모두 적극적으로 연대하는 것은 픽션 같은 상상인 걸까? 부끄러운 시절을 부끄럽다고 여기는 문학적 감수성을 예민하게 갖고서, 창문으로 타인과 세계를 살피고 거울로 자기 얼굴을 살피는 노력을 계속해야 할 것이다. 이것을 싸움이라 말해야 한다면 전장은 망각일 테니.

여기 아닌
다른 곳

원치 않은 이사를 해본 이들은 알 거다. 그게 얼마나 슬프고 짜증나는 일인지. 원하는 동네, 원하는 집으로 이사하는 푸른 꿈을 꾸며 살았던 건 아니다. 그러나 원치 않은 동네, 원치 않은 집으로 이사하는 날이 올지는 몰랐다.(삶은 얼마나 냉정한가.) 산과 산 사이에 외로이 서 있는 오래된 빌라 한 채. 버스 정류장은 멀고 전철역은 더 멀었다. 집도 방도 거리와 풍경도 모두 낯설고 마음에 들지 않았다. 안다. 시간은 모든 것을 익숙하게 만들 것이다.

힘들고 슬픈 마음도 하루하루 조금씩 무뎌질 것이다. 하지만 싫었다. 이런 환경과 조건을 내 삶으로 받아들이는 것이. '이것도 나쁘지 않다' 자족하면서 위로하는 마음으로 그럭저럭 적응하며 사는 내가 되고 싶지 않았다. 부서지고 무너지고 색이 바랜 사물과 풍경을 빈티지라고 낭만화하지 않을 거야. 따갑고 협소해도 뾰족하게 사는 것이 차라리 낫겠어. 나는 여기에 흡수되지 않을 거야.

애를 썼다. 마음의 불을 끄지 말자. 세웠던 바늘을 눕히지 말자. 기를 썼다. 그때의 난 무엇과 싸우고 있었던 걸까. 누구 보라고 그렇게 저항했던 걸까.

옛날 집에 아끼던 것들을 두고 왔다. 기억과 추억과 쥐고 있던 몇 개의 가치도 포기해야 했다. 그리운 그곳을 떠나 낯선 이곳에 도착했다. 많은 계단을 올라야 했고 취향에 맞지 않는 벽과 문을 받아들여야 했다. 그렇게 원하는 것을 잃고 원치 않는 것을 얻은 그날들이 다 실패처럼 느껴졌다. 그래서 종종 서글펐다. 하지만 그곳에서 몇 번의 계절이 흘렀고 몇 해를 보내는 동안 나는 변했다. 그 땐 몰랐다. 이사를 한다는 건 지역과 집만 옮기는 것이 아니었다. 풍경과 공기가 달라졌고 일상과 일상을 감싸는 분위기도 달라졌다.

산책하기 좋은 길. 눈이 오고 비 내리면 눈물 나게 아름다운 겨울 산과 여름 산. 섬처럼 별이 많던 밤하늘. 들어본 적 없는 새소리가 들렸고 본 적 없는 곤충을 발견했다. 커다란 바위와 빈집 마당에 배를 깔고 누운 고양이들과 낡은 평상에 앉아 고요하게 거리를 바라보던 고소하고 순한 노인들. 배추밭. 고추밭. 이름 모를 꽃과 나무들이 가득한 근사한 화단을 품고 있던 오래된 단독주택들. 도시에서 멀어졌다는 것. 교통과 문화의 중심에서 벗어났다는 것. 카페가 없고 큰 건물이 없고 햄버거 가게가 없는 변두리에 떨어졌다는 것. 이것들은 분명이전에 없던 불편과 근심을 안겨줬다. 하지만 중심에서 멀어졌기에 얻게 된 것도 있었다. 멋진 풍경을 사방에 두르고 좁은 길을 산책하는 즐거움. 불빛이 줄어들어 비로소 볼 수 있던 별빛과 달빛. 분주함과 정신없음의 소음에서 비켜난 외곽에서만 들을 수 있는 작지만 다채로운 소리들.

　여기 아닌 다른 곳으로 가야 할 때가 있다. 갈 수밖에 없는 상황이 생기기도 한다. 삶이라는 외길을 걷다 보면 좁아지고 어두워지는 순간이 있다. 피할 수 없고 돌아갈 수도 없다. 일하는 곳을 옮기고, 사는 곳을 옮기고, 사람들을 옮겨 다니는 삶. 익숙해지는 것과 낯설어지는 것이 끊임없이 교차하는 피곤한 날들. 원하는 이사도 있겠지만 원치 않는 이사도 있겠지. 잊지 말아야 할 사실 하나. 안주하고 싶은 익숙한 장소와 지금의 현재는 예전엔 그토록 낯설고 불편했던 과거였다는 것. 지금 혹은 앞으로 내가 겪게 될 불편과 불안도 나중엔 결코 떠나고 싶지 않을 익숙함과 편안한 삶의 자리가 될 것이다.

　그러니 어쨌든 살고 볼 일. 어디에 있든. 무엇을 하든. 그것이 얼마나 낯설고 힘들든. 지금 내 마음과 판단과 감각은 미래의 내 마음과 판단과 감각과는 다를 것이다. 짐을 풀고 낯선 집과 어색한 거리를 두리번거리며 천천히 걸어보자. 내일은 더 익숙해지겠지. 더 부드러워지고 더 나아지겠지. 나중에 추억이 되고 그리움이 될 풍경. 등 뒤에 펼쳐져 있네.

스물셋의
올빼미

　2003년에 출간되어 2004년에 가장 많이 팔린
책은 『아침형 인간』이다. 사람들은 이 책에 열광했
고, 너도 나도 아침형 인간이 되길 꿈꿨다. 인생을
대하는 자세를 바꾸고 건강한 삶을 희망할 것. 11시
전에 잠들어 5시에 일어나는 새가 될 것. 본받고
싶은 롤 모델을 마음에 품고 닮으려고 애를 쓸 것.
뛰어난 사람을 경쟁자로 삼으며 목표를 구체적으
로 정할 것. 오전 시간의 집중력과 판단력은 낮보
다 세 배나 높으므로 성과를 높이고 목적을 이루

기 위해 아침형으로 살아갈 것. 일찍 자고 일찍 일어나는 삶은 성장기 어린이뿐 아니라 사회적 성장이 필요한 어른에게도 권장됐다.

나는 00학번으로 대학에 입학했다. 세기말의 99학번과는 느낌부터 다른 신세기 학번. 어떤 기록도 없는 깨끗한 0이자 무한한 가능성을 상징하는 00. 시작되는 미래이자 밀레니엄을 여는 새로운 세대. 그러나 00은 99와 다르지 않았다. 우리는 나란히 자라 월급 88만원을 받는 '88세대'가 됐다. 많은 학과들이 '공무원 시험 준비 학과'로 명칭을 바꿔 통폐합해야 할 지경에 이르렀고, '도전' '꿈' '비전' '희망' 같은 긍정적인 단어들은 결국 '안정'이라는 종착역으로 향하는 간이역으로 전락했다. 이런 현실 가운데 뭐라도 되기 위해 일단 노력하고 보는 젊은이를 어떻게 표현하면 좋을까. 모두가 가난해져 버린 이상한 원형경기장에서 바통을 이어받기 위해 기다리고 있는 달리기 선수 같은 마음이랄까. 누구와 경쟁하는지도 모르면서 이미 뒤처져 있다는 자각과 절망감에 사로잡혀 아무도 응원해주지 않는 텅 빈 스탠드를 바라보는 기분이랄까.

　1997년 외환위기 이후 세상은 달라졌다. 극심한 경기 침체로 기업과 회사들이 잇따라 도산했다. 기계는 멈추고 공장 문은 닫혔으며 직을 잃고 업이 사라진 가장들이 하릴없이 공원에 모여들었다. '경제위기'와 '실업'이란 키워드는 사회 분위기와 가치관을 근본적으로 바꾸어놓았다. 오늘을 즐기는 사람은 줄어들고 안정적인 내일을 위해 열공하는 사람이 늘어났다. 입시 지옥을 뚫고 자유와 낭만의 세계로 들어간 줄 알았던 대학생은 다시 시험 준비에 돌입했다. 나중에 어떤 식으로든 도움이 되겠지, 라는 마음으로 온갖 자격증을 취득하고 토익과 토플 점수를 올려나갔다. '창업'과 '벤처'라는 용어 대신 '고용안정'과 '정규직'이 청년들의 중요한 키워드가 됐다. 공무원 시험 경쟁률은 사상 최고로 치솟고 교대의 인기는 하늘을 찔렀다. 공무원과 교사의 인기가 갑자기 높아진 까닭은 무엇일까? 학생을 올바르게 길러내길 소망하는 교사의 소명?

시민의 편의를 봐주고 국가에 충성하고픈 의로운 책임감? 아니다. 그것이 정년이 보장되는 소위 철밥통이기 때문이다. 부서지지 않는 튼튼한 밥그릇. 누구도 빼앗을 수 없게 바닥에 단단히 고정된 굳건한 밥그릇. 하지만 사람들은 몰랐다. 철밥통을 품고 있다가 어느새 차고 딱딱한 철밥통 그 자체로 변해가는 자기 자신을.

능력자와 전문가들은 마이크를 잡고 자기가 어떻게 여기까지 올 수 있었는지 말했다. 어떤 과정을 거쳐 어떤 노력을 통해 이 자리에 오를 수 있었는지 노하우를 공유했다. 남들보다 뛰어난 재능이 있었다거나 부모님의 재력과 풍족한 환경 탓에 출발선이 달랐다는 말은 하지 않았다. 하나같이 열심히 노력했다고만 했다. 내가 특별한 건 특별하지 않기 때문이고 그럼에도 불구하고 내가 합격하고 성공한 것은 남들보다 더 열심히 노력했기 때문이라는, 겸손한 이들의 고백. 이 말은 많은 이들의 심장을 뛰게 했다. 나도 노력만 하면, 나도 부지런히, 열심히 살면, 그들처럼 될 수 있다는 희망을 품었

27

다. 그러나 동시에 절망할 수밖에 없었다. 이 모든
게 노력 탓이라면 합격하지 못한 나는 노력이 부족
한 것이다. 과정이 어떻든 결과가 나쁘다면 게으른
청춘이자 부도덕한 사람이 되는 것이다. 아침잠을
줄이며 이토록 열심히 매진했어도 당신은 더 노력
했어야 한다는 이상한 결론.

현인의 말처럼 시간은 금이다. 때문에 시간을 허
비하는 것은 죄다. 밥 먹는 순간에도 강의를 듣고
지하철과 버스에서도 단어를 외워야 한다. 정신 차
리자. 멍하게 있어서는 안 된다. 친구들과 여행을
가고 게임을 즐기고 차를 마시고 산책을 하는 삶
은 사치다. 그런 건 성공 이후로 미뤄도 된다. 수다
를 줄이자. 무의미하게 흘러가고 누수되는 시간이
없도록 매 순간 계획을 세워야 한다. 자리는 하나
뿐인데 경쟁자는 너무 많다는 것을 잊지 말자. 내
게 있는 것과 내게 없는 것까지 준비해야 한다. 그
것이 거짓이더라도 꾸며낼 수 있어야 한다. 내 인
생의 이력이 한 줄이라도 추가되고 1점이라도 높

아야 돋보일 것이다. 생산하지 않고 누적하지 않는 시간은 결국 무의미하게 버려질 것이고 그 시간과 함께 나라는 존재도 버려질 것이다. 불안하다. 불투명한 미래가 걱정된다. 하지만 불안감에 사로잡히지 말라. 더 노력하고 더 열심히 사는 것으로 이 불안을 극복해나가자.

'아침형 인간'이 사람들의 입에 오르내리며 언론과 미디어를 장악했을 때 나는 스물셋이었다. 이제 막 전역을 했고 창창한 앞날이 환하게 열려 있었다. 목표도 목적도 스스로에게 기대도 희망도 없던 나는 불안했다. 창창하면 뭐 하나, 길이 없으면 사막이고 미궁일 뿐인데. 제대로 살고는 싶었지만 어떻게 살아야 할지 몰랐던 나는 많은 이들이 되고 싶은 사람이 되기로 결심했다. 새벽안개를 뚫고 조깅을 할 것이다. 갓 구운 빵과 커피를 마시며 도서관에 들어갈 것이다. 시간을 허투루 쓰지 않고 꿈을 위해 한 걸음씩 나아갈 것이다. 단단하고 근사한 미래의 성을 짓기 위해 한 장 한 장 벽돌을 쌓기 시작했다. 잠이 안 왔지만 자리에 누웠다. 잠들지 못해 따뜻한 우유를 마셨고 그래도 안 되면 수면유도제를 삼켰다. 새벽 5시. 요란한 알람에 골치가 아팠다. 피곤하고 더 자고 싶었지만 억지로 일어났다. 생각처럼 잘 되지는 않았다. 이틀 혹은 사흘 성공하고 다음 날은 실패했다. 창밖이 환해질 때까지 라디오를 듣고 스탠드 불빛 아래서 일기를 쓰거나 낙서하길 좋아했던 내게, 멍하니 앉아 새벽의 캄캄한 하늘을 바라보며 '세상의 모든 음악'을 즐겼던 저녁형 인간이었던 내게, 아침형 인간의 벽은 너무 높았다.

무엇보다 재미가 없었다. 부지런하다는 정체불명의 뿌듯함은 있었지만 사는 맛이 없었다. 아침엔 기운이 없고 따분했다. 당시 나는 무엇이 되어야 할지 몰랐다. 때문에 무엇이 필요한지도 몰랐다. 할 수 있는 건 막연히 열심히 사는 것뿐. 토익 공부를 했다. 만만한 자격증 시험을 준비했다. 목표가 없으니 열심 그 자체를 목표로 삼았다. 자기를 이겨 냈다는 극기의 기쁨과 나 자신을 통제하고 있다는 자기만족 외에는 이렇게 애써서 살아야 하는 이유를 끝내 찾지 못했다. 졸린 눈을 비비며 마침내 나는 위대한 개그맨의 명언을 실감했다. '일찍 일어나는 새는 피곤하다.'

'아침형 인간'이 유행하던 그 시절로부터 20년이 흘렀다. 그사이 세상은 돌고 돌았다. 언제는 미래를 대비하라는 말이 유행하더니 어느새 오늘에 충실한 삶을 살아야 한다는 말이 인기를 끈다. '욜로' '워라밸' '저녁이 있는 삶'이 중요한 가치로 입에 오르내리면서 그에 못지않게 다시 유행하고 있는 재밌는 표현이 있다. '미러클 모닝.' 무덤에 들어간 '아침형 인간'이 되살아난 것 같다.

정직하게 말해보자면(마음에 들지는 않지만) 일찍 자고 일찍 일어나는 것이 모든 면에서 옳은 것 같다. 더 바람직하고 더 건강한 삶이고 때문에 권장할 만하다. 보편적이고 일반적인 최선의 삶. 출근과 퇴근. 등교와 하교. 굿 모닝과 굿 나이트. 순리와 순행 속에서 보람을 느끼며 조금씩 나아지는 삶. 나도 나를 선택할 수 있다면 아침형으로 살고 싶다.

'미러클 모닝'을 체험하는 뿌듯한 인간이 되고 싶다. 새벽을 깨우는 고통을 이겨내고 자신과의 싸움에서 승리한 이들이 맛보는 고진감래. 자신의 가치를 높여 보다 나은 나를 위해 발전하고 진화하는 삶. 일찍 일어나는 이들끼리 주고받는 에너지 넘치는 메시지와 챌린지를 하나씩 극복해나가며, 다른 이들에게 영감을 주고 귀감이 되는 사람이 되고 싶다. 하지만 나는 그런 사람이 아니고 그런 사람이 될 수도 없다는 것을 깨달았다.

늦게 자고 늦게 일어나는 이들의 삶에도 미러클은 있다. 오후에도, 저녁에도, 심지어 새벽에도 기적은 일어난다. 아침형 인간이 되는 것은 좋다. 그 삶을 자랑스러워하고 증언하는 것도 좋다. 그러나 남에게 '아침형 인간이 되어야 한다' '일찍 일어나야 한다'라고 강요하는 건 곤란하지 않을까.

어릴 때부터 늦게까지 깨어 있는 것이 좋았던 나는 결국 아침형 인간이 되지 못했다. 실패했고 나중엔 포기했다. 차라리 내 기질을 존중하기로 했다. 내 리듬에 따르기로 했다. 느낌과 직관이 보여주는 것을 응시했다. 깊은 밤 어둠과 고요에 젖는 것을 즐겼다. 심심하고 고독하기까지 한 그 시간에 깨어 있는 것을 불안이 아닌 평안으로 감각했다. 사느라 분주했고 관계 속에 지쳤던 나를 들여다보며 복잡한 마음을 살폈다. 날카롭게 일어선 감정의 결을 조심스럽게 더듬어봤다. 내 마음이 왜 이렇게 붐비는지, 내 감정은 무엇으로 인해 그토록 뜨거워졌는지, 찬찬히 헤아려봤다. 그러다 찾아오는 약간의 멜랑콜리도 나쁘지 않았다.

사람들은 다운되는 것을 싫어한다. 기분이 저조해지고 가라앉는 것을 두려워하기까지 한다. 멜랑콜리는 단순히 우울을 뜻하는 용어는 아니다. 경우에 따라서는 '창조적 우울감'으로 해석되기도 한다. 어두운 밤. 마음도 감정도 어두워지는 순간. 어째서인지 생각지도 못했던 가능성의 영역이 깨어난다. 미련 없이 서랍을 비우거나 용기 내어 망설이던 연락을 한다. 충동적으로 물건을 구입하고 항공권을 예매한다. 멍하게 허공을 응시하다가 길을 발견하기도 하고 지금 걷는 이 길이 틀렸다는 것을 깨닫기도 한다. 밀린 플래너를 정리하고 일기를 쓰고 편지를 쓴다. 어떤 이는 낙서를 하고 그림을 그리고 악기를 연주하고 음계를 눌러가며 근사한 사운드를 만들어낸다. 흥얼거리던 멜로디를 악보에 옮기고 거기에 어울리는 가사를 쓸 수도 있고, 지루하게 매만지던 어떤 패턴을 벗어나 새로운 방식을 시도할 수도 있다. 어떤 이는 시를 쓰고 어떤 이는 이야기를 지어낸다. 포기한 원고를 다시 시작할 수도 있고 나중에 하나의 작품이 될 첫 문장을 쓸 수도 있다.(밤새 휴대폰을 쳐다보며 SNS를 하는 것은 제외한다. 그건 한낮에 암막 커튼을 치고 침대에 누워 있는 것과 다르지 않다. 사람과의 복잡한 연결을 끊어내지 못하는 건 본질적으로 홀로 있는 것이 아니다. 필요 이상으로 많은 이미지와 시끄러운 소음에서 벗어나야 한다. 로그아웃하고 뮤트해야 한다.)

늦게 자고 늦게 일어나는 사람을 흔히들 올빼미에 비유한다. 낮의 올빼미는 도저히 새라고 할 수 없다. 몸을 웅크리고 온종일 잠만 자는 모습은 흡사 돌멩이 같다. 둔하고 게으를 뿐 아니라 살아갈 열정도 능력도 없이 겨우 존재하는 생물처럼 보인다. 하지만 밤의 올빼미는 다르다. 커다란 눈으로 어둠을 주시하며 희미한 빛을 끌어모아 길을 찾아낸다. 우거진 나무 사이를 날며 복잡한 숲속에서 지도를 그릴 줄 안다. 예리한 입과 발은 목표물을 놓치지 않고, 크고 부드러운 날개는 밤안개에 젖거나 암흑에 눌리지 않는다. 귀엽고 순해 보이지만 올빼미는 천적이 없는 대표적인 심야의 맹금이다.

올빼미는 지혜의 여신인 미네르바(아테나)의 상징이다. '미네르바의 올빼미는 황혼이 저물어야 날개를 편다'는 유명한 명제는 진정한 지혜란 앞날을 예측하는 것이 아니라 어떤 현상이 일어난 뒤 그것을 고찰하고 살피는 과정 속에서 이루어진다는 것을 뜻한다. 하루가 끝난 후에야 그 하루를 판단할 수 있고 많은 일은 지나고 나서야 진정한 해석이 가능하다. 하루를 잘 여는 것 중요하다. 하지만 하루를 잘 마무리하는 것 역시 중요하다. 시작

하고 사방으로 펼치며 전개하는 힘도 중요하지만
잘 오므리고 마무리하는 힘 역시 중요하다. 경험을
쌓고 다양한 활동을 하는 것 물론 좋다. 하지만 그
경험 속에서 의미를 발견하고 기억을 정리하지 않
으면 휘발되고 희미해질 것이다.

　군중과 함께 걸으면 안심이 된다. 집단이 주는
든든함. 전체의 일부로서 느끼는 편안함. 하지만 걷
다 보면 딴생각에 잠길 때가 있다. 여기 아닌 저기
로 가고 싶은 날이 있고 그곳이 아닌 그곳 너머로
향하고 싶을 때가 있다. 어떤 날은 다른 풍경을 보
고 싶고 어떤 날은 그저 쉬고 싶다. 또 어떤 날은
더 걷고 싶고 어떤 날은 다른 쪽으로 걸어보고 싶
다. 하지만 커다란 흐름 속에 섞여 있을 땐 방향도
속도도 내가 정하기 어렵다. 전체 속에서 빠져나오
는 것은 불안하고 두려운 일이다. 그러나 다른 사
람이 아닌 온전히 나 자신과 마주하며 내 마음의
방향과 소망의 크기를 안다면 정말로 가야 할 곳
이 어딘지 찾을 수 있다. 낮의 시간에서는 할 수 없

었던 일. 함께 있을 때는 불가능했던 일. 관계 속에서는 찾지 못하고 그래서 나아갈 수도 없던 길을 발견하고 걸을 수도 있다.

아는 게 힘이다. 맞는 말이다. 하지만 알아야 할 것이 언제나 내 바깥에 있는 것은 아니다. 내 안에도 알아야 할 것이 무수히 많다. 자신에 대해서 알 만큼 안다고 믿는 사람이 가장 어리석다. 내 안에 얼마나 많은 길이 숨어 있는지, 그 길은 얼마나 멀고 또 깊은지 모른다. 길만 있는 것이 아니라 문도 있다. 문을 열면 또 수많은 방이 있다. 다른 사람과 다른 경험을 통해 새로운 길을 찾을 수 있지만 내게 묻고, 내 마음을 살피고, 표면 속에 숨은 이면과 심연을 들여다보는 밤의 시간은 무수히 많은 길을 감추고 있다. 넘치는 오후의 빛으로 선명하게 놓인 길을 바라보는 것도 좋지만, 희미한 빛을 끌어모아 깊고 은밀하게 숨은 마음의 길을 찾아 한 발 한 발 걸어보는 것도 좋다.

불안을 느끼고 싶지 않아 서둘러 잠에 드는 것이 아닌 그것을 직시해보는 시간. 충족되지 않은

공허한 마음에 시선을 두며 불안과 공포를 구분해
내고 두려움과 떨림의 차이를 이해하는 시간. 캄캄
한 암흑 속에 잠겨 있는 나의 카오스를 유심히 살
필 때 깨닫게 되는 나만의 코스모스. 밤마다 올빼
미가 날아다니는 숨겨진 길이 있다. 그 은밀한 비
밀이 알려주는 나만의 지혜가 있다. 누구에게도 배
울 수 없고 스스로도 알지 못했던.

내게 없는
내 목소리

　오래전 내가 아이였을 때 목격했던 장면 하나. 잊어야 했으나 결코 잊히지 않는, 내가 나를 지키기 위해 심연으로 빠트린, 그 그림. 그 그림자. 그 사람. 무엇을 보는 것만으로도 부서지는 몸과 마음. 듣기만 해도 갈라지는 외벽과 내벽. 눈송이 하나. 빗방울 하나. 햇살 한 줄기에도 무너져 내린 유년. 뒷모습으로만 기억되는 밋밋한 얼굴.

　깊은 잠을 잤고 긴 꿈을 꿨다. 연속된 두 번의 장례식에서 나는 입술 없이 서 있었다. 우는 어른

들. 악수하며 껴안고 눈물이 번진 이상한 얼굴로
웃는 어른들. 나는 벽에 걸린 그림처럼 등을 기대
고 서서 그 모습을 봤다. 고개를 돌려 사진으로 남
은 동생을 봤다. 너무 웃고 있어 눈동자가 보이지
않는, 어린 나보다 더 어린 아이. 그때의 난 동생이
웃는 이유를 알았지만 지금의 난 그 이유를 알 수
없다. 잊었다. 아니, 잊어버린 거겠지. 눈동자부터
서서히 투명해진 내가 결국 쓰러졌을 땐 아무 소
리도 들리지 않았으므로 누구도 나를 발견하지 못
했다. 시간은 흘렀고 정신이 든 나는 벽을 향해 모
로 누워 있는 엄마에게 물었다. '엄마. 동생은 어디
에 있어?' 하지만 이상했다. 말했으나 입술 밖으로
새어 나오는 소리는 없었다. 엄마와 아빠는 내 마
음을 알지 못했다. 아니, 알려고도 하지 않았다. 그
때 그들은 너무 슬픈 동물이었으니까. 인간의 말을
하지도 듣지도 못한 채 그저 우는 동물들.

　모두가 잠든 밤 어린 나는 고요히 일어나 벽을
보고 서서 말하기를 연습했다. 이불을 둘러쓰고
지금과 여기에 없는 이의 귓가에 속삭였다. 화장

실 거울을 보며 '안녕?' '안녕하세요' 인사했다. 그렇게 소리 없이 말하다 보면 거울 속 나는 내가 모르는 다른 사람이 되어 물끄러미 나를 쳐다봤다. 차가운 표정과 무서운 눈동자. 나는 혼나는 아이처럼 얼어붙은 채로 거울을 봤다. 둥글게 벌린 입술 사이, 까맣고 작은 허공 사이, 주먹 크기의 더운 숨이 오고 갈 뿐이었다. 그렇게 몇 번의 시도 끝에 나는 알게 됐다. 내게서 목소리가 떠나갔다는 것을.

목소리가 없던 그 시절의 나는 누구였을까. 무엇이었을까. 말을 잃었을 뿐인데 참으로 이상하다. 왜 기억까지 함께 잃어버린 걸까. 누가 가위로 오려낸 듯 그 시절 기억이 내겐 없다.

시간이 많이 흘러 어른이 된 나는 목소리에게 가끔 묻곤 한다. 그때에 대해. 그날에 대해. 내가 본 것과 내가 들은 것에 대해. 그리고 이상해진 내 입술과 말. 실어失語. 언어를 잃어버린다는 것은 무엇입니까? 당신은 왜 나를 떠났나요? 유실된 언어는 그때 어디에 있었습니까? 그것은 이제 언어가

41

아닌가요? 언어가 아니라면 무엇인가요? 그는 대
답이 없고, 나는 그의 얼굴에서 표정을 찾고 또 찾
으려 했다. 주눅 든 아이가 어른의 목소리에서 날
씨를 감지하듯.

　세 개의 계절이 흐른 뒤 목소리는 다시 찾아왔
다. 부서진 집. 부품이 빠진 조립 완구. 혀끝에 붙
은 이끼. 한쪽이 내려앉은 괴이한 얼굴. 차라리 묵
음이었으면 했던 끔찍한 노래. 다른 존재가 되어
찾아온 목소리는 나를 다른 사람으로 만들었다.
어렵게 어렵게 다시 말이 나왔을 때는 처음부터
끝까지 다 부서진 문장이었다. 헝클어진 퍼즐처럼
문법은 뒤엉켰고 조각조각 깨졌다. 더듬이. 모지리.
병신. 벙어리. 떠떠떠. 친구들은 나를 그렇게 불렀
고 나는 친구들이 부르는 대로 그것이 되었다.

　기억나지 않지만 나는 그때의 시간을 자주 생각
해본다. 깊은 물속에 무엇이 살고 있나 싶어 오래
도록 물을 바라보는 사람처럼. 기어이 물그림자를
발견하고 깜짝 놀라는 사람처럼. 나는 내 기억의
동공과 말 없는 말과 내게서 떠나간 목소리를 자

주 생각한다. 그렇게 생각하면 어떤 생각이 떠오른
다. 엄마는 그것을 허구라고 했고 아빠는 그것을
착각이라 했고 죽은 동생은 그것을 부정했으며, 목
소리는 그것에 관해 끝까지 침묵했다. 나는 알면서
모르고, 보면서 볼 수 없다. 이제 나는 그 이유를
안다. 목소리. 그가 내게서 떠나갔을 때, 떠나기로
결심했을 때, 내 기억도, 기억에 붙어 무럭무럭 자
라나야 했을 여러 감정과 감각도, 함께 데려간 것
이다.

　한 살 어린 동생은 나보다 말이 빨랐다. 나는 동
생의 말을 따라 했고 동생의 목소리를 흉내 냈다.
동생의 노래를 따라 불렀고 동생의 잠꼬대까지 따
라 했다. 이제 동생은 없다. 말을 배울 수가 없다.
노래를 부를 수도 없다. 심심해서 어찌해야 할지
모르겠다. 시계는 멈추고 태양은 은빛으로 빛나
고 별은 후드득 떨어졌다. 나는 깊은 새벽에 일어
나 모두가 잠든 고요한 어둠 속에 서서 동생의 목
소리로 내 이름을 불렀다. 그러면 금방 행복해졌
다. 동생은 밤마다 찾아와 내 이름을 부르며 말을

43

알려줬다. 노래를 불러줬다. 이야기를 들려줬다. 나는 낮에 잠들고 밤에 깨어 있는 사람으로 변해갔다. 하루 종일 새벽이 오기를 기다렸다. 그러던 어느 날 동생은 더 이상 말하지 않았다. 아무 말도. 아무것도. 나는 몇 번이고 내 이름을 말하려 했지만 말이 나오지 않았다. 목구멍을 막고 있는 것은 무엇이었을까. 밤새 나는 토하듯 발작하듯 말하려고 했지만 허사였다. 그 밤. 나는 울었다. 너무 울어 눈가가 짓무를 정도였다.

스웨덴 세탁소의 노래 〈목소리〉 첫 구절. "목소리만 들어도 눈물이 날 것 같아." 눈물이 날 것 같다는 화자의 말을 들을 때마다 나도 눈물이 날 것 같다. 어떤 이의 목소리를 들을 때 종종 복잡한 감정과 풍경 속으로 들어가는 건, 목소리에는 몸이 있고 얼굴이 있기 때문이다. 듣기가 아닌 보기. 보기를 넘어선 만지기. 목소리를 들으면 그의 표정이 떠오른다. 목소리는 혼魂의 얼굴. 말은 백魄의 영역. 그러니까 어떤 노래를 들었을 때 혼이 실렸다고 하는 것은 비유가 아니다. 얼굴에서는 찾을 수 없는 얼굴. 표정에서는 볼 수 없는 표정. 목소리에서는 찾고 발견할 수 있다. 목소리에 실린 감정. 피의 온도. 어제의 일기. 오늘의 예감과 예상. 그가 걸어온 길의 풍경과 머리 위 하늘과 구름과 바람. 목소리를 들으면 그 사람이 보여주지 않는 것을 볼 수 있고 그가 말하지 않은 말을 들을 수 있다.

지금 생각해보면 목소리를 잃어버렸던 날들은 침묵의 시절이 아니었다. 그 반대다. 나는 목소리의 한복판에 있었다. 비행기가 높은 고도에 올라 구름을 뚫을 때 무겁고 시끄러운 침묵을 만들듯. 물과 바람을 통과할 때 침묵이 불가하듯. 푹 잠겨 있기에 깊이를 헤아릴 필요가 없었고, 떠 있었기에 높이를 가늠할 필요가 없었던 가을 겨울 그리고 봄. 침묵이라 착각했지만 그것은 중력 없이 둥둥 떠 있던 진공의 상태였다. 목소리는 목격되고 발견되며 때로는 누설된다. 어떤 이의 가슴과 머리 깊숙한 곳까지 파고드는 날카로운 손톱을 가졌고, 높은 산을 넘고 깊은 바다를 건너는 튼튼한 다리

45

를 가졌다. 그는 스스로 말하는 말이고 소리가 없어도 듣는 귀다.

목소리는 나에게 나의 많은 비밀을 알려줬다. 목소리는 내게 많은 이야기를 들려줬다. 나는 비밀을 탐하고 말을 지어내는 것을 좋아하는 사람이 된 것 같다. 사랑을 말할 때 사실을 말하는 이가 싫다. 팩트를 정의라고 믿는 이들과는 대화하고 싶지 않다. 일기와 편지를 미워하는 이들이 밉다. 소설책으로 머리를 때리는 선생과 이야기를 거짓과 가짜라고 가르쳤던 화학 선생이 싫다. 번호를 부르고 자리에서 일어나게 한 뒤 책을 읽으라고 했던, 읽지 못하는 나를 죽어도 포기하지 않던 송곳니가 뾰족했던 국어 선생이 싫다.

엄마는 사랑하는 딸을 잃고 한 주 뒤 아버지를 잃었다. 울산에서 장례를 치르고 엄마와 나는 위독한 상태의 할아버지를 만나기 위해 순천행 버스를 탔다. 그날의 엄마 얼굴. 기억하고 싶지 않았고 그래서 이제는 정말로 기억나지 않는다. 하지만 엄

마의 손과 목소리는 기억난다. 그것도 잊어버리고
싶어서, 잃어버리고 싶어서, 수도 없이 손을 씻었는
데 그 떨림과 그 축축함이 피부와 지문 속으로 스
며들고 말았다. 엄마는 손이 작은 사람이었고 어
린 아들의 손을 충분히 덮어주지 못했다. 고개를
돌려 창밖을 바라보며 내 손등 위에 자신의 손을
가만히 올려놓고 있었다. 나는 엄마의 떨리는 손이
무서웠다. 저 창문이 녹아내리고 그 틈 사이로 엄
마가 연기처럼 사라질 것만 같았다. 어린 나이에도
나는 엄마가 가여웠다. 엄마는 울지도 웃지도 않았
다. 그때까지 나는 동생이 죽었다는 것을 인지하지
못해서, 계속 계속 잔인할 정도로 계속 엄마에게
왜 동생은 같이 안 가냐고 물었다. 엄마는 아무 말
도 하지 않았다. 동생은 죽었단다. 부탁이니 그만
물어보거라. 조용히 좀 할 수 없니? 이런 말조차 없
이 끔찍할 정도로 고요했다. 죽어가는 할아버지
귀에 엄마는 한마디 했다. 할아버지는 그 말을 듣
고서 발버둥을 쳤고, 엄마는 장례식장에서도 본
적 없는 커다란 눈물방울이 되어 바닥으로 쏟아져

47

내렸다. 그리고 쏟아지는 폭풍처럼 거대한 울음소리가 들렸다. 목과 입을 통해 나는 소리가 아니었다. 엄마는 등과 발과 헝클어진 머리카락과 바닥을 움켜쥐려는 손가락으로 울었다. 할아버지도 나도 아무 말도 하지 못했다. 입술은 움직였는데, 거친 숨소리는 들렸는데 이상했다. 아무 소리도 나오지 않았다. 기이한 침묵이었다. 시간이 많이 흘러 나는 말을 잘하는 사람이 됐고 엄마도 말을 잘하는 사람이 됐다. 시간이 더 많이 흘러 나는 글을 쓰는 사람이 됐고 엄마는 사람들에게 복음과 사랑을 전하는 사람이 됐다. 어느 날 티브이를 보다가 무심하게 엄마에게 물었다. 그때 할아버지에게 했던 말이 뭐였냐고. 엄마는 빨래를 개면서 말했다.

"아버지, 이제 편히 쉬세요. 당신의 손녀가 천국에 먼저 가 있어요."

이제 나는 다른 이의 목소리 속으로 들어간다. 남의 목소리로 말하는 것을 좋아한다. 말을 만들기 전에 목소리를 생각하면 그 사람의 얼굴이 떠

48

오른다. 참 이상하지. 세상에 존재하지 않는 사람
인데 목소리를 떠올리면 그 사람이 존재하게 된다
는 것이. 하지만 나를 지키기 위해 목소리가 가져
간 많은 기억과 생각과 언어 들이 그리울 때가 있
다. 그것들은 지금 어디에서 무엇을 하고 있을까.
자신들에 대해 말하고 이야기해 줄 새로운 이를
찾아 새로운 목소리에 깃들게 되었을까. 다른 세계
의 다른 작가가 나 대신 내 이야기를 만들어줬을
까. 그런 것들을 생각하면 쓸쓸해진다. 한편으론
고맙지만 한편으론 서운한, 이제는 내 것이 아닌
내 목소리.

운명을
사랑한다는 것

가수 김연자 님이 〈아모르 파티〉를 부르면 사람들은 좋아한다. 꿍짝꿍짝 전주만 시작돼도 몸과 마음은 바로 반응한다. '산다는 게 다 그런 거지'에서 마음이 열리고, '인생은 지금이야'부터 이어지는 꿍!꿍!꿍!꿍!에서는 박자에 맞춰 손을 흔들게 된다. 그러다가 '나이는 숫자 마음이 진짜'가 나오면 애나 어른이나 의자에서 일어날 수밖에 없다. 이 노래는 여러 의미로 성공한 노래지만 제목과 가사를 깊숙하게 들여다보면 더 근사하다.

나는 기억한다. 서른을 한 달 앞둔 11월, 그 추웠
던 겨울을. 돈도 없고 직업도 없고 이룬 것도 없고
심지어 그럴듯한 목표도 없던, 스스로 쓸모없다 여
겼던 처참한 잉여의 마음을. 또 나는 기억한다. 마
흔이 되고 처음으로 맞이했던 봄을. 괜히 늦은 것
같고 정체불명의 허무함으로 축 처졌던 어깨를. 이
정도 나이가 됐으면 어른이 되어야 할 텐데. 철들
고 성숙한 몸과 마음으로 안정을 느껴야 할 텐데.
나는 불안했고 늘 초조하기만 했다. 그런데 이제
알겠다. 나는 속았다. 서른이라는 이미지. 마흔이
라는 무게. 그것들은 다 허상이었던 것이다.

서른. 마음이 확고하게 도덕 위에 서서 움직이지
않는다는 뜻으로 이립而立이라고도 한다. 정말 그
럴까? 그래야 하는 걸까? 서른이 되면 확고한 마
음으로 흔들리지 않게 되는 걸까? 적어도 나는 아
니었다. 내가 아는 서른들도 그런 이는 없었다. 이
제 막 대학을 졸업했거나 겨우 취업에 성공할 나
이. 지금까지 공부했던 전공이 나와 맞지 않았다
는 것을 깨닫고 다른 길을 모색하는 나이. 시험을

위해 경쟁하는 나이. 작은 성공과 실패를 반복하고 겨우 만든 성과를 스스로 무너뜨리는 나이. 이룬 것을 말하는 것보다 이루고 싶은 꿈을 말해야 하는 나이. 알게 된 것보다 알고 싶은 것이 더 많아야 할 나이. 그러니까 서른은 확고하지 않은 마음과 변덕스러운 신념의 물결 위에 누워 마음껏 흔들려야 하는 나이다. 어쩌면 우리는 김광석의 〈서른 즈음에〉를 너무 많이 들었던 것 아닐까. 서른이라는 막연한 미래를 슬프고 진지한 목소리로 상상한 것 아닐까. 내뿜은 담배 연기 속에서 하루하루 멀어져가는 날들이겠지. 매일 이별하는 슬픈 삶이겠지. 텅 빈 마음으로 공허함에 시달리는 빛 잃은 청춘이겠지. 아니다. 서른은 절대로 그런 시절이 아니다. 이별 대신 만남. 비움 대신 채움. 담배 대신 조깅을 선택하는 나이인 것이다.

마흔은 또 어떤가. 불혹不惑이라고? 세상일에 정신을 빼앗겨 갈팡질팡하거나 판단을 흐리는 일이 없게 된다고? 어떤 유혹에도 넘어가지 않게 된다고? 말도 안 된다. 그게 사람인가? 그것이 성숙이라면 나는 불혹의 경지를 거절하겠다. 심장이 계속 박동해야 살 수 있는 것처럼 삶은 끊임없는 충동으로 자극받아야 한다. 내 주위에 그런 훌륭한 마흔들은 없었다. 나 역시 그런 마흔이 될 생각은 없다.

나이에 대한 우리의 인식은 지나치게 정적이고 안 좋은 의미로 너무 어른스럽다. 흥분하고 도전하고 좋아하고 호기심이 넘치는 것은 어린이들이고 그것들에 흔들리지 않는 것이 어른이라면, 나는 어른이 되고 싶지 않다. 사실 어른이 되면 더 잘 논다. 더 많은 기회와 더 많은 경험 때문에 넓어지고 깊어지기 때문이다. 지금 이 순간에도 시작하는 육십이 있고 도전하는 오십이 있고 포기하는 스물이 있으며 안주하는 서른이 있다. 나는 끝났다고 믿는 마흔이 있는 반면 새로운 꿈을 꾸고 배우고 도전하는 마흔도 있다.

어른들의 가르침. 이전 세대의 깨달음. 지켜내고 존중하고 배워야 할 훌륭한 가치가 있다. 하지만 모두 맞는 것은 아니고 모두 받아들여야 하는 것

53

도 아니다. 특히 나이에 덧씌운 관념은 더더욱 그렇다. 애늙은이가 있고 어른아이도 있다. 철없는 어른도 있고 철든 아이도 있다. 성장은 날과 달의 움직임으로 이루어지는 것이 아니라 경험과 깨달음, 선택과 포기, 후회와 어리석음의 흔적으로 각자의 몸과 마음에 새겨지는 것이다. 아직 겪어보지 못한 나이를 그저 만들어진 분위기와 물려받은 신념을 통해 맹목적으로 받아들이는 순진하고 착실한 사람은 되지 말자. 말 그대로 나이는 숫자일 뿐 마음이 진짜니까.

아모르 파티Amor Fati는 라틴어로, 철학자 니체가 자신의 사상을 설명하기 위해 사용한 개념이다. 한마디로 운명을 받아들이고 그것을 사랑하라는 뜻이다. 언뜻 보면 그것은 허무하고 무기력한 생각인 것 같다. '운명 따위는 없어' '미래는 내가 만든다' 같은 메시지에 비해 패배적으로 느껴진다. 하지만 여기서 사랑한다는 것은 무조건 받아들이라는 것이 아니다. 결정론자들의 주장처럼 필연이니까 그저 감수하라는 뜻도 아니다. 긍정하고 가꾸어나가라는 것이다. 무엇인가를 사랑할 때 우리가 애쓰고 노력하며 더 나아지도록 바라고 원하는 것처럼 자신의 운명을 사랑하라는 것이다.

'괜찮아, 잘될 거야'라고 말하려는 건 아니다. '걱정 말아요, 그대'라고 말할 순 있지만 낭만적으로 '우리 함께 노래합시다'라고는 말하기 어렵다. 결과는 노력을 배반하고 현실은 희망을 비웃는다. 기성세대는 젊은이들의 빛이 되어주지 못하고 같은 꿈을 꾸는 친구들은 하나둘 꿈에서 깨어나고 있다. 세상에서 가장 멋있고 끝내주는 사람이 되고 싶어서 예술대학교에 들어왔을 것이다. 눈 돌아가게 멋진 환영의 인사를 받으며 레드카펫을 밟고 등교했다. 학기 지나고 학년도 바뀌면서 부풀었던 마음은 쪼그라든다. 이렇게 학교 다니려고 그렇게 노력한 게 아닌데, 라는 생각이 마음을 어둡게 한다. 근사한 예술가가 되고 싶었으나 졸업할 땐 예술가로 산다는 게 얼마나 힘든지 슬픈 계산을 하고 절망하고 만다.

선생도 어른도 절망한다. 졸업을 앞둔 학생과 청년에게 '꿈을 포기하지 마세요' '멋있는 예술가로 사세요'라고 말하지 못하겠다. 내 마음은 그렇게 외치고 있지만 먹고사는 문제를 외면하면서까지 무조건적으로 응원할 수가 없다. 취업도 중요하고 현장 실습도 중요하며 취업 전의 이런저런 아르바이트 자리도 중요하기 때문이다.

그러나 믿는다. 우리가 최초에 가졌던 꿈이 지금의 현실보다 가치 있고 멋있다는 것을. 예술대를 다니는 우리들에게도 먹고사는 문제는 물론 중요하다. 하지만 그보다 중요한 것은 어떻게 먹고사는지다. 먹고사는 모습이 나 스스로에게 또 남들에게 어떻게 보이는지, 근사하고 아름다운지, 내가 동경하고 꿈꾸던 모습과 닮아 있는지, 그게 중요하다. 아닌가? 배우는 자나 가르치는 자나 그래서 예술대에 온 거 아닌가? 내가 너무 무책임하고 철없는 소리를 하고 있는 걸까? 불안하고 초조하겠지. 어떤 이는 이런 꿈을 품고 이런 시절을 보낸 것에 대해 후회하고 있을지도 모른다. 그러나 당신의 운명은 아름답다. 자신이 무엇을 좋아하고 잘하고 싶은지, 심지어 취향이라는 것이 무엇인지 고민조차 하지 않은 채 살다 죽는 이들도 많다. 하지만 우리는 매료되었던 예술적 가치와 의미를 향해 진짜로 노력하고 실제적으로 애쓴 사람들이다. 그것만으로도 우리는 풍부하고 풍성하며 복잡하게 매력적인 존재다. 그것이 얼마나 대단하고 멋있는 것인지 제발 믿었으면 좋겠다.

현실과 일상이라는 괴물은 이기기 어렵다. 때문에 우리는 노력하고 근심하고 경우에 따라 꿈의 한 자락을 접어야 할 수도 있다. 그러나 어떤 상황이 오더라도 예술적인 당신의 전공을 포기하지 않았으면 좋겠다. 기타를 치는 학생은 누구보다 기타를 잘 치는 사람이 되고, 글을 쓰는 학생은 단 몇 줄만 읽어도 눈과 마음을 빼앗는 필력의 소유자가 되었으면 좋겠다. 선배들과 선생들과 부모와 형제들이 현실적인 조건과 무기력한 전망을 쏟아내도 휘둘리지 않는 단독자로 그냥 자기 갈 길 가는 멋쟁이가 되었으면 좋겠다.

그것이 아모르 파티. 운명을 받아들이면서 사랑하는 자의 삶의 모습이다.

삶을 움직이는
두 개의
진동

파스칼 키냐르는 『옛날에 대하여』에서 다음과
같이 썼습니다.

충동, 박동, 이 두 가지가 멈추면 삶도 멈추게 된다.

심장은 1분에 약 70번, 하루에 10만 번 뜁니다.
1년에 3680만 번, 70년 산다고 가정할 때 30억 번
뛰는 겁니다. 심장이 뛰는지 안 뛰는지, 있는지 없
는지, 평소엔 느낄 수 없습니다. 하지만 심장은 계

속 자기 일을 하고 있습니다. 존재감을 느끼는 때도 있습니다. 달릴 때, 놀랄 때, 두려울 때, 사랑에 빠졌을 때, 분노에 사로잡혔을 때, 심장은 다른 속도와 힘으로 뜁니다. 쿵쿵. 쿵쿵. 예사롭지 않은 박동을 느낀 이는 왼쪽 가슴에 손을 올리고 생각에 잠기게 됩니다.

'왜 이렇게 심장이 빨리 뛰는 걸까? 나에게 무슨 일이 일어나고 있는 걸까?'

심장은 알고 있습니다. 보고 있고 느끼고 있습니다.

마음은 머리에 있을까요. 가슴에 있을까요. 어쩌면 인류 역사의 출발과 함께 시작되었을 이 오래된 질의응답은 철학으로도 할 수 있고 과학으로도 할 수 있으며 문학으로도 할 수 있습니다. 하지만 답하기는 쉽지 않습니다. 해답과 결론을 내리기는 더 어렵죠. 한때는 마음이 머리에 있다고 생각했습니다. 누군가를 생각하고 무엇인가 떠올리는 것. 어떤 상념에 젖어 과거를 향해 고개를 돌리게 되는 비밀스러운 장소는 당연히 머리 깊숙한 곳에 숨어 있을 거라, 상상했던 것이죠. 뇌의 기능과 역할이 이렇게 널리 알려져 있는데 여전히 마음은 가슴에 있다고 주장하는 사람이 어리석어 보일 정도였습니다. 그렇다면 지금은? 모르겠습니다.

심장이 먼저 뛰는 때가 있습니다. 갑작스러운 박동에 어리둥절한 나는 '지금 당장 무엇인가를 느껴야 한다'라고 말하는 심장의 외침을 듣게 됩니다. 공허하고 텅 빈 머리는 무엇을 생각하고 떠올려야 할지 몰라 그저 멍할 따름입니다. 하지만 가슴은 반응합니다. 근육을 자극하고 세포 하나하나를 깨우며 감각을 활성화시키죠. 머리가 위험을 인지하기도 전에 반사적으로 몸이 반응하는 것처럼, 가슴이 먼저 눈을 뜨고 잠들어 있는 머리를 흔들어 깨웁니다. 그것이 무엇인지도 모른 채 그리워하고 정체불명의 존재를 향해 두려움을 느낍니다. 어둠과 적막의 미지 앞에 서서 머리는 판단합니다. '빛이 부재한 현상일 뿐이야. 걱정할 필요는 없지.' 하지만 심장은 쿵쾅쿵쾅 뛰며 가슴의 문은 활짝 열

립니다. 그 문으로 가끔 영과 혼이 들어오고 영감
의 그림자를 목격하기도 합니다.

    사람들은 '충동'이란 말을 두려워합니다. 비이성
적이고 비합리적인 결정과 판단을 하게 만들어 나
중엔 반드시 후회하게 하는 단어라 여기죠. 건강
한 삶을 흔들고 건전한 사고를 위협하며 일상의 루
틴을 파괴하는 어리석음이라고 믿는 것입니다. 하
지만 정말로 그럴까요? 물론 대책 없이 온갖 충동
에 몸을 내맡기는 삶은 고민해봐야 합니다. 하지
만 충동 그 자체는 나쁜 것이 아닙니다. 충동이 없
다면 인간의 시선은 어느 곳으로도 향하지 않습
니다. 어떤 것에도 도전하지 않고 무엇도 시도하지
않은 채 어제의 발자국에 오늘의 발을 집어넣고
같은 보폭으로 살게 되겠죠. 욕심. 욕망. 꿈. 소원.
그것들은 '지금'과 '여기'를 불안하게 만들지만, 그
충동들이 없다면 아무 일도 일어나지 않습니다.
나는 내 삶을 나의 욕구와 나만의 가치로 살아본
적 없는 아무개가 될 수도 있죠.

어떤 충동은 미래를 품고 도래합니다. 어떤 충동은 이야기를 담은 한 권의 책이 되어 내 앞에 펼쳐집니다. 충동. 그것은 갑자기 빨라지는 심장의 박동만큼이나 중요한 에너지입니다. 우리는 물에 빠질 수 있지만 파도를 탈 수도 있습니다. 떨어질 수 있지만 하늘을 날고 더 빨리 더 멀리 이동할 수도 있죠. 박동과 충동은 변화를 위한 도약이자 도전이며 경우에 따라서는 변화 그 자체입니다. 어떤 직관과 직감, 뭔가 일어날 것 같은 느낌적인 그 느낌을 소중히 여기세요. 내 안에 무언가 들어왔다는 기분. 무엇이 내 마음속에 불을 놓았나. 나는 무엇을 향해 타오르고 싶은가. 생각에 잠기고 느끼는 삶을 살아가세요. 진동하는 리듬에 실려 더 멋진 곳으로.

생각하는 자는
멀고 깊은 곳까지

몇 년 전. 친구가 내게 물었다.

"다시 태어날 수 있다면 너는 무엇으로, 누구로 태어나고 싶어?"

글쎄, 아무 생각도 나지 않았다. 나는 답을 하는 대신 왜 그게 궁금하냐 물었다. 그는 며칠 전 동일한 질문에 대한 답을 길게 포스팅한 블로그를 인상 깊게 읽었다고 했다. 그 후로 종종 그 질문에 관해 생각한다고 했다.

"생각의 결론은?"

그는 진지한 얼굴로 한참 생각하더니 진짜로 다시 태어난다는 가정하에 자기 자신으로 태어나고 싶다고 답했다. 싱겁고 뻔한 대답에 나는 웃고 말았다.

"전반적으로 내 삶에 만족해. 다른 존재가 되고 싶은 마음도 있지만 아무 존재나 되고 싶진 않아. 인간 혹은 인간 이상의 존재가 될 확률은 너무 낮을 것 같아서. 안전하게 그냥 내가 되겠어. 너는?"

"음…… 모르겠어."

모르겠다, 했지만 이상하게도 그 질문은 종일 마음에 남았고 잠들기 직전에는 내가 나에게 묻고 있었다. '다시 태어난다면 무엇이 되어 무엇을 하고 싶니. 응? 응?' 그 밤 나는 마지못해 아무 말이나 하는 심정으로 일기장에 다음과 같이 남겼다.

'사막이나 심해 깊은 곳에 박힌 돌멩이가 되고 싶다. 그래서 아무것도, 아무 생각도 하고 싶지 않다.'

이 답은 인터넷에 떠돌아다니는 초등학생의 답변을 따라 한 것이다. 왜 그렇게 답했을까.(답해야 했을까.) 나는 그 아이가 장난으로, 허세로, 답했다고 생각하지 않는다. 어째서인지 나는 그렇게 답을 해야 했던 아이의 마음을 알 것 같았다. 누구보다 생각이 많았을 거고 생각의 크기와 높이가 작지 않았을 거다. 하지만 그만큼 '지금'과 '여기'가 답답하고 단단하게 느껴졌을 것이다. 그런 낙차를 느끼고 견디는 것이 힘들고 피곤했겠지.

　그때의 난 많은 것을 원했다. 그것이 무엇이든 감각하기를 원했고 감각되기를 원했다. 마음껏 생각하고 상상했고 연상되는 이미지들을 생생하게 느끼고 남김없이 흡수하고 싶었다. 생각하는 것만으로도, 아니 생각하는 것으로만, 충분하고 충만한 날들. 침대에 누워 우주를 가고 불과 물 속에 서고 시공간을 초월하는 나. 존재할 수 없는 곳에 존재하고, 볼 수 없는 곳에 눈을 두며, 디딜 수 없는 곳을 딛고 서고 달리는 나. 황홀하고 달콤한 순간. 그러나 생각이 그치면 금세 울적해졌다. 단맛을 탐해 몸이 붓고 우울증에 빠지는 생물처럼 눈을 뜨면 나 자신이 초라하고 한심해 미칠 것 같았다. 뜨거운 열망이 소멸된 자리에 남은 어두운 그림자 한 조각. 하늘 끝까지 날던 새는 땅속을 기는 환형동물이 되어 깊고 축축한 곳으로 파고들었다.

그때의 난 소설을 쓰고 싶었다. 좋은 소설을, 끝내주는 소설을 쓰고 싶었다. 생각으로 인물을 설정하고 상상으로 사물과 공간, 하늘과 빛을 만들었다. 생각과 감각과 감정 속엔 아름답고 대단한 그 무엇이 스며 있었다. 손을 대면 빛이 묻을 것 같았다. 움켜쥐면 꿀처럼 뚝뚝 떨어질 것 같았다. 초조함으로 떨리는 손가락. 이제 쓰기만 하면 된다. 멋진 단어와 문장들로 그것을 써낼 수만 있다면 그것들은 내 것이 된다. 다 왔다. 코앞이다. 그런데 그렇게 밤이 지나고 새벽이 깊어갔다. 다음 날이 되고 다음 주가 되고 다음 달이 됐다. 뜻처럼 되지 않고 키보드에 손을 올린 채 우두커니 앉아만 있던 날들. 마비된 동물과 딱딱한 나무처럼 스스로의 힘으로는 꼼짝도 하지 못한다. 위대하고 아름다웠던 내 생각과 이미지는 마른 모래처럼 허공에 날리고 단단한 돌멩이가 되어 바닥에 툭툭 떨어진다.

 '호모 사피엔스.' 그 누가 그랬나. 인간은 사유하
는 존재이며 때문에 우월한 생물이라고. 그 말은
반은 맞고 반은 틀렸다. 사유의 높이는 높고 크기
는 무궁하며 깊이는 헤아릴 수 없다. 그러나 인간
은 그만큼 좌절한다. 이상이 큰 존재는 하찮은 자
신에게 실망하기 마련이다. 비루한 육체는 사유와
정신이 만든 세계로 들어갈 수 없다. 원하는 것이
눈앞에 있지만 움켜쥐지 못한다. 상상은 현실을 누
추하게 만들고 어떤 생각은 현실을 한계와 낭떠러
지로 느끼게 한다. 사랑하는 자는 사랑받지 못함
으로 우주에서 가장 슬픈 생물이 된다.
 생각하는 자는 고쳐서 다시 생각한다. 차라리
생각하지 말자. 원하는 것이 없었다면, 갈 수 없는
곳에 눈을 두지 않았다면, 그것이 무엇이든 사랑
하지 않았다면, 이런 기분을 느끼지 않았을 것이
다. 슬프지 않았을 것이다. 그게 편하고 그게 현명
하며 어쩌면 그런 생각 하지 않기로 한 생각이야

말로 최고의 지혜일지 모른다.

하지만 나는 너는 우리는 그렇게 하지 않는다. 알기 때문이다.

인간의 어떤 생각은 인간을 변하게 한다. 생각에 걸맞은 인간으로 느리고 고요히 변화시킨다. 지금 당장은 아니지만, 껍질을 깨고 거듭나는 완전변태를 경험할 수는 없지만, 마법이나 기적의 사건을 겪지는 못하지만, 계획과 꿈을 갖게 한다. 다짐과 결심을 하게 한다. 어떤 자는 여기서 멈추지 않고 표현하려 한다. 쓰려 한다. 단어를 찾고 문장을 만들고 묘사하고 설명하려 한다. 쓰는 자는 안다. 언어는 생각을 존재하게 할 수 있다는 것을. 매 순간 한계는 느껴진다. 뭘 쓰든 왜곡되고 생략될 것이다. 오해되고 오독될 것이다. 그럼에도 불구하고 쓰는 자는 포기하지 않는다. 생각을 생각에 그치게 내버려두지 않으려 애를 쓴다.

언어는 사고를 옮기는 도구지만 그저 도구인 것만은 아니다. 어떤 언어는 살아서 인간에게 들어가 영향을 주고 새로운 생각이 되기도 한다. 생각한

뒤 쓴다. 맞다. 하지만 쓰면 생각이 된다. 작가의 희
망과 가능성이 여기에 있다. 쓸 것이 없어도 쓰면
쓸 것이 생긴다는 것. 무슨 생각인지 잘 몰라도 쓰
기 시작하면 그 생각이 무엇인지 알게 된다는 것.
표현하려고 한 것은 실패했지만, 아주 가끔은 실패
의 결과로 표현된 그것이 최초의 생각과 감정보다
훨씬 훌륭하다는 것.

소설을 쓰려고 마음먹을 땐 울적해진다. 어떻게
쓸까 고민할 땐 더 우울하다. 생각하는 것도 어렵
고 생각한 것을 써내는 것은 더더욱 어렵기 때문이
다. 어차피 망칠 거라면 시작도 하지 말자, 이런 생
각이 나를 설득한다. 포기하려는 나를 두둔한다.
당장 쓰기의 자리에서 빠져나와 이 저조한 기분에
서 벗어나고 싶다. 하지만 이상하지. 그 기분에서
벗어나는 건 쓰기를 시작할 때다. 시작할 수 있도
록 계속 시도할 때다. 한 바가지의 마중물이 깊은
곳의 물을 쭉쭉 끌고 오는 것처럼 첫 문장은 다음
문장을 끌고 온다. 첫 장면은 두 번째 장면을 알려

준다. 생각을 언어로 표현하는 것. 정말 어렵다. 하지만 아무렇게나 집어던지고 끄적거린 낙서 같은 언어가 생각을 창조하기도 한다.

소설을 쓸 때마다 생각한다. '생각하는 거 힘들다. 쓰는 것도 힘들다. 아, 귀찮아. 번거로워. 왜 나는 소설을 쓰는 사람이 되었나. 현실의 삶을 살아내는 것도 잘 못하면서 허구의 세계를 만들어 새로운 인물과 함께 새로운 삶을 살겠다고?' 투덜거리고 후회하며 종종 나 자신을 비웃는다. 하지만 동시에 이런 생각도 한다. '소설을 쓰지 않았다면 나는 얼마나 심심했을까. 이 마음을 쏟아부을 곳이 없었겠지. 수다를 떨 곳이 없어 구덩이를 파고 외치고 또 외쳤겠지.' 소설이 아니었다면 나는 나라는 세계에 도착하지 못했을 것이다. 표면 밑에 심연이 있다는 것을 몰랐을 것이다. 타인의 마음에 숲과 바다가 있다는 것을 알지 못했을 거고 인간의 감정과 감각에 바람과 별자리가 있다는 것도 몰랐을 거다.

다시 태어날 순 없다. 나 아닌 다른 것이 될 수도

없다. 그러나 다시 할 순 있다. 어떤 한계 때문에 멈췄던 생각을 발전시킬 수 있고 포기했던 일을 다시 할 수 있고 썼던 자들은 다시 쓸 수 있다. 피곤하고 힘들어도 생각하는 것을 멈추지 않으려 한다. 생각하는 자는 그곳이 어디든 멀고 깊은 곳까지 갈 수 있기 때문이다.

미래를 지키는
이야기

어떻게든 살아남는다. 위험을 피하고 고통의 자리에서 벗어나려 몸과 마음을 움직인다. 살기 위해 애를 쓰는 건 생각과 의지가 아닌 본능의 영역이다. 날아오는 공을 순간적으로 피하고 무언가 얼굴을 향해 다가오면 팔을 들어 막거나 눈꺼풀을 감아 눈동자를 보호하는 것. 생존에 직결된 이러한 방어 행동은 대뇌의 관여 없이 무의식적으로 이루어진다. 삶의 의미나 거창한 목적을 헤아릴 필요도 그럴 시간도 없다. 일차적으로 삶은 원하는 것이다. 계속 살기를.

　2022년 한 해 40,113건의 화재 사고가 발생했다. 2,323명이 다쳤고 그중 317명이 사망했다. 사이렌을 울리며 다급하게 달리는 소방차와 응급차를 보는 것만으로도 기분이 이상한데, 이렇게 많은 화재가 이렇게 많은 사람을 다치게 했다는 사실에 두렵고 아득하다. 하지만 실감나지는 않는다. 숙연해질 뿐 마음이 상하거나 숨이 막히지는 않는다. 숫자와 통계는 일시적으로 충격을 줄 뿐 사건에 담긴 고유한 사연과 한 사람 한 사람을 설명해내지 못하기 때문이다.

　연말. 지난해 12월 25일에 도봉구의 한 아파트에서 화재가 발생했다. 이 사건으로 20명이 넘는 사람들이 다치고 2명이 사망했다. 사건은 하나지만 슬픔은 하나가 아니다. 헤아릴 수 없는 비극적인 사연들이 거룩하고 고요한 그 밤에 동시다발적으로 발생했다. 그중 한 가족의 하루를 상상해봤다.

　열심히 살아온 젊은 남녀. 남자는 서른둘의 약

사고 여자는 서른셋의 간호사다. 둘은 가족을 이루었고 두 딸을 선물로 받았다. 첫째는 두 살. 둘째는 7개월. 정신없이 살아야 했을 것이다. 육아하고 일하고 집을 구하기 위해 대출도 받아야 했을 것이다. 하지만 한자리에 모이면 함께 밥을 먹고 예쁘게 나온 사진을 고르고, 침대에 누워 고단한 눈을 감을 땐 사랑을 느꼈을 것이다. 딸들이 커가는 모습과 웃는 얼굴을 보면 힘이 솟았을 것이다. '이래서 내가 사는 거지.' '이걸 위해 힘들지만 돈을 버는 거지.' 애쓰며 사는 보람도 느꼈을 것이다. 크리스마스였다. 한 해를 마무리하며 부부는 서로에게 수고의 말을 건네고 사랑의 인사를 나눈다. 맛있는 음식을 먹고 달콤한 케이크의 촛불을 끄고 다정하게 사진도 찍는다. 대단한 이벤트도 없고 드라마틱한 하루도 아니었지만 부부는 소소하고 충만한 행복감을 느낀다. 두 딸을 품에 안고 꿈조차 없는 잠에 빠져든다.

깊은 새벽 아래층에서 시작된 불이 순식간에 부부의 집을 삼켰다. 거실을 지나 현관을 열고 집 밖으로 빠져나갈 수조차 없는 무시무시한 불바다.
부부는 불을 등지고 두 딸과 함께 창가에 섰다. 맨
몸으로 4층에서 뛰어내려 무사할 순 없다. 하지만
방법이 없다는 것을 알기에 본능적으로 뛰어내렸
다. 살아야 했다. 경우의 수를 따지고 무사할 확률
을 헤아릴 시간이 없었다. 아내는 큰 부상을 입었
고 남편은 사망했다. 하지만 두 딸은 무사했다. 남
편은 첫째를 재활용 포대 위로 던졌고, 둘째 딸은
품에 안고 뛰어내린 것이다.

사건을 처음 접했을 땐 안타까운 마음이 먼저
들었다. 크리스마스에 일어난 참사였기에 더 아이
러니하게 느껴지기도 했다. 딸은 살고 아버지는 죽
었다는 사실에서는 비극적인 마음에 깊은 숨을 내
쉬며 휴대폰을 물끄러미 바라봤다. 하지만 그뿐이
었다. 세상에 슬픈 일은 너무 많이 일어난다. 새로
고침 할 때마다 지금의 뉴스는 다음의 뉴스로 바
뀌고 오늘의 소식은 내일의 소식에게 자리를 내줘
야 한다. 하지만 이 사건은 마음에서 쉽게 사라지

지 않았다. 한 줄의 문장 때문이었다.

'아빠 품에 안긴 딸은 살았지만 박 씨는 바닥에 부딪히며 머리를 크게 다쳐 결국 숨졌다.'

상상했다. 아파트 4층 높이에서 떨어지는 아빠의 모습을. 어떤 자세로 떨어져야 품에 안은 딸은 무사하고 아빠는 바닥에 머리를 부딪히게 되는 걸까. 더는 상상할 수 없었다. 마음이 저렸고 감정이 뜨거워졌다. 실제로 가슴에 통증을 느껴 손으로 명치를 꾹 눌러야 했다.

4층에서 뛰어내린 이유를 '살아야 했다'에서 '살려야 했다'로 바꿔본다. 불을 피해 높은 곳에서 떨어지는 비이성적인 행동을 단순히 자기 보전의 욕망이니 생존 본능으로 설명한 것에 부끄러움을 느꼈다. 본능과 욕망을 부정하는 것이 아니다. 그것보다 더 큰 본능과 욕망이 있었던 것이다. 숭고하다, 라고밖에 표현할 수 없는 인간 이상의 행동 앞에서 먹먹해졌다. 이런 사건을 접할 때마다 한번쯤 생각해본다. 나라면 어떻게 했을까? 나였다면 어떤 선택을 내렸을까? 나는 누구보다 나 자신을 소중하게 여긴다. 생존 본능과 자기 보전의 욕망이 큰 사람이라는 것을 부정할 수 없다. 나는 남을 위해 기꺼이 희생하고 숭고하게 삶을 마무리하는 위대한 존재가 결코 아니다. 나이도 성격도 표정도 다른 세 딸의 얼굴을 떠올려봤다. 그리고 그 아빠가 직면했을 상황을 가정해봤다. 딸을 품에 안고 뛰어내리자. 딸을 살리기 위해 최선을 다하자. 혹 내가 죽더라도. 나는 깨달았다. 아빠는 그 행동을 선택하지 않았다. 아니, 선택할 수 없었다. 대뇌의 관여로 판단한 것이 아니다. 그건 본능이었다. 나보다 더 소중한 존재를 살려야 한다는 본능.

어려운 날들이다. 미래를 예견하는 자들은 하나같이 불행한 전망을 내놓는다. 결혼과 출산은 점점 감소하고, 가족이 무너지고 마침내 사회도 무너질 것이다. 취업이 어렵다. 고용은 불안하고 사회시스템과 경제 기반은 갈수록 악화되고 있다. 집을 구할 수 없다. 생태계는 파괴되고 기후 위기로 이상하고 괴상한 날들이 이어지고 있다. 아이를 낳는 것도 어렵지만, 낳는다 해도 제대로 키울 수가 없다. 단계마다 어려움이 있고 어떤 과정도 쉬운 게 없다. 뉴스만 보면 이 사회는 당장 무너질 것 같다. 다 끝장난 것 같다. 하지만 지금도 사람은 사람을 만난다. 사랑을 느끼고 헤어지고 싶지 않은 마음에 가족을 이룬다. 용기 내어 프러포즈하고, 온갖 역경을 뚫고 결혼하고, 아이를 가지려 노력하고, 어렵게 얻은 아이를 위해 험난한 육아와 부조리한 사회시스템을 온몸으로 이겨낸다. 공동체가 무너지고 가족의 의미가 희미해지는 시대 속에서도 어떤 가족은 함께 모여 크리스마스를 보냈고, 어떤 아빠는 아이를 살리고 죽음을 택했다.

이 사건은 곧 잊힐 것이다. 이상하고 슬픈 일은 계속 일어나니까. 오늘의 사건이 선사하는 충격과 자극이 어제의 사건을 희미하고 투명하게 희석할 것이다. 하지만 아빠가 딸을 구하고 목숨을 잃었다는 이 사실은 그 가족에게 영원한 이야기로 살아남는다. 그 이야기가 남편을 잃은 아내에게, 아빠를 잃은 두 딸에게, 영원히 기억된다. 나는 확신한다. 이야기의 힘으로 가족들의 미래는 지켜질 것이라고. 아빠는 세상에 없지만 아빠의 희생은 창창하게 열린 딸들의 남은 날과 함께하며 보호할 것이라고.

이름도 얼굴도 모르는 두 딸의 안녕을 위해 기도한다. 깊은 슬픔과 절망에 빠져 있을 아내의 오늘과 내일을 염려한다. 세상이 진창에 처박힌 폐허처럼 느껴질 때가 있다. 온갖 범죄와 비정한 소문과 소식을 접하면 이 땅에 더는 사랑과 온기가 존재하지 않는 것처럼 느껴진다. 하지만 살아남은 가족을 위해 문을 두드리고, 이름을 불러주고, 말없이 손을 잡아주며 함께 울고 위로해주는 이웃과 친구와 동료들이 있다. 분명히 있다.

정말로 영혼이 있다면, 죽어도 사라지지 않고 가족들을 지켜보는 마음과 정신이 있다면, 그에게 묻고 싶다. 그래서 지금 슬프냐고. 어쩌면 그는 이렇게 대답할 것만 같다.

'그건 잘 모르겠고 딸이 살아서 너무 기쁩니다.'

그것에는 아직
이름이 없다

소설을 쓰다 보면 곤란한 질문을 받곤 하는데 그중 하나는 소설의 이야기를 실제 경험과 연관 짓는 것이다. 가령 이런 식이다.

'소설을 쓰려면 많은 경험을 해야겠어요.'

'그 장면 직접 겪은 건가요?'

'제 인생이 소설인데요, 신기한 사건 하나 말해 드릴까요?'

그런 말들에 나는 쉽게 답하기가 힘들다. 그 말이 반은 맞고 반은 틀렸기 때문이다. 경험이 이야기를 구상하는 데 실제적인 소재가 될 수는 있다. 하지만 그것은 극히 한정적이다. 다른 소설가들의 경우는 어떤지 모르겠지만 나에게 있어 경험은 솔직히 말하자면 서사의 세계에서 그다지 매력적인 글감이 아니다. 직접 몸으로 겪고, 땀을 흘리고, 손으로 만져보고, 눈으로 확인하는 식의 경험, 그러니까 실제로 내게 일어난 일들은 그 자체로는 소설적인 것이 될 수 없다. 그 경험을 통해 느낀 감각과 어떤 인상이나 인식이 소설에서 유용한 것으로 쓰일 뿐이다. 때문에 아무리 신기한 일을 겪었다고 하더라도 소설적인 인식을 포함하지 않는다면 그 경험은 소설의 세계에서 아무 의미도 없다. 반대로 내가 경험한 게 아니더라도 나로 하여금 기이한 느낌과 (아직은) 표현할 수 없는 인식을 불러온다면 소설의 소재가 된다. 그것이 남의 경험, 요약된 기사 한 줄, 일면식도 없는 이들이 주고받는 대화나 작은 표정일지라도 말이다.

그 경험이 내게 무엇이었는지 경험하는 중에는 알 수 없다. 엑스터시라는 말을 환각제나 환각

상태에 이를 때 느끼는 끝내주는 감각 같은 것으로 이해하고 있지만, 실은 그리스어 ek, exo(~의 밖으로)와 histanai(놓다, 서다)의 복합어인 엑스터시스ekstasis에서 나온 것으로, '밖에 서다'라는 뜻이다. 그 뜻을 문자 그대로 풀이하면 내가 나의 바깥에 서서 나를 보는 경험을 말한다. 다시 말해 우리가 어떤 경험에서 도달할 수 있는 느낌과 인식의 최대치는 그 속에 있을 때가 아니라 바깥에 서 있을 때다. 비로소 알게 되는 깨달음, 몰랐는데 발견되는 것들, 그것의 전후좌우를 찬찬히 관찰할 수 있는 보다 다양한 시각과 시점은 경험하고 있는 당시가 아니라 경험한 이후다. 지금 느끼고 있는 경험과 감정에 대해 말할 수 없다. 그것에는 아직 이름이 없다.

  사람들이 이를 가장 강하게 실감하는 것은 사랑이라는 경험을 통해서일 것이다. 관계가 시작되고 감정이 생기고 또 그것에서 빠져나오는 과정. 그 총체적인 스토리를 통해 마침내 우리가 알거나 느끼

게 된 것들 말이다. 사랑에 빠져 있는 동안엔 그것
에 관해 정확히 알 수가 없다. 머리끝까지 잠겨 있
기에 자기가 빠져 있는 것의 실체가 무엇인지 모른
다. 안다고 생각할 테지만 극히 일부분에 전념하
고 있는 것뿐이다. 그것을 착각이라고도 할 수 있
고, 왜곡이라고도 할 수 있겠다.(사랑에 빠진 이가 애
인에 대해 판단하고 묘사하는 것을 생각해보자.) 빠져
있는 자는 그것이 지닌 깊이와 넓이와 주변 풍경을
볼 수 없다. 그것에 푹 잠길 때만 느낄 수 있는 감
각이 있겠지만, 그렇다고 그것에 대해 '다 안다'라
고 말해서는 곤란하다.

사랑에 관한 서사나 노랫말의 주제가 대부분 이
별로 귀결되는 것도 그런 이유일 것이다. 그것에 관
해 말하고 쓰려는 자는 '그 사랑'에서 벗어난 자들
이다. 애정하는 가수 이소라는 새로운 노래를 발표
할 때는 항상 사랑이 끝난 이후였다고 말했다. 그
때문인지 사랑에 관한 이소라의 가사는 내가 보
기에 예술이다! 때론 시고, 때론 서사의 한 장면이
며, 때론 정확한 논리와 적확한 언어로 쓰인 아름

84

다운 산문이다. 〈바람이 분다〉의 마지막 가사. "추억은 다르게 적힌다." 이 깨달음은 이별 없이는 절대로 불가능한 인식이다. 사랑이 끝나면 사람들은 변한다. 시인이 되고, 폭군이 되고, 술꾼이 되고, 바보 멍청이가 되고, 폐인도 되고, 병자도 되며, 때론 냉혈한이 되기도 한다. 예술가들은 그것에 관해 표현하고 뭔가를 만들어내지만 사람들은 '경험'이라는 놀라운 인식을 얻는다. 그것을 경험하고 있을 땐 몰랐던 진짜 '경험'을.

0은 그냥 0으로서 존재하지만 1-1=0은 상실된 1로서의 0이다. 두 번째 0은 0으로서 존재하는 것이 아닌 1이 없음으로서의 0이다. 원래는 1이었어야 했던 0인 것이다. 다시 말해 1-1=0은 그 자체로 1이 없다는 것을 증명하는 값이다. 이것이 '혼자'와 '둘이었다가 혼자'가 같지 않는 이유다. 원래 0이었는데 다시 0이 되었으니까 똑같아진 거 아니냐는 논리로 실연당한 이들의 고통을 쉽게 위로하려고 드는데, 그게 말처럼 맘처럼 쉬운 것이 아니다. 1이 되지 않는 한 0은 계속 불완전하다. 끊임없이 1을

향해 진동하고 있는 상태랄까. 그것이 부재의 역설
이다.

　이별이 그토록 격한 감정을 불러오는 가장 큰
이유는 뭘까. 간단하다. 원치 않았기 때문이다. 이
별은 합의되지 않은 상황에서 예기치 않게 발생하
며, 감정이 소진되지 않은 상태로 끝을 내야 한다.
한쪽이 원해도 다른 한쪽이 원하지 않을 수 있고,
한쪽은 다시 만나고 싶어도 한쪽은 만날 수 없는
경우도 있으며, 둘 다 원치 않아도 이별해야 하는
순간도 있다. 때문에 이별이란 본질적으로 최소한
어느 한쪽에게 깊은 상실감을 안겨준다. 많은 시
간이 흐르고 감정이 희미해지면 기억이니 추억이
니 그럴듯하게 말할 수 있지만 당시에는 도저히 그
럴 틈이 없다.

　하지만 사람은 변한다. 감정도 달라지고 기억의
해석도 바뀐다. 안 그럴 것 같지만 그렇다. 이 사랑
이 영원할 것이라고 믿었던 믿음이 배신했던 것처
럼 이별의 고통이 영원할 것이라고 믿는 믿음 역시

우리를 배신한다. 시간을 이길 수 있는 것은 없다. 때문에 이별은 미래에게 도움이 된다.(물론 그 경험에서 살아남는 경우겠지만. 경우에 따라서 이별은 생의 한 챕터가 끝장나는 경험일 수도 있다.) 이별의 바깥에서 그것을 바로 보게 되고, 배우게 되며, 알고, 이해하게 된다. 그 깨달음은 나에게 내가 어떤 사람인지 또는 상대가 어떤 사람이었는지 알려준다. 반복되는 어리석음이 무엇이고, 다시는 반복하면 안 되는 것은 무엇인지, 놓쳐서 안 될 것이 무엇이며, 다시는 속지 말아야 할 것은 무엇인지도 알게 된다.

경험에 관한 완료된 해석은 그것이 끝나야 가능하다는 아이러니는 우리를 슬프게 만들지만, 어쩌면 그 비극과 어리석음의 인식이야말로 삶이 주는 선물일 수도 있다. 경험에 대한 완전한 기억과 서사를 얻는 것이다. 이 선물에 의지해 우리는 다른 경험으로 향할 수 있다. 그것은 몇 번을 다시 살게 하는 힘이고, 다른 사람이 될 수 있다는 가능성이다. 어쨌든 우리는 모두 이런저런 이별에서 살아남은 자들이다. 그래 놓고 또 뭔가를 사랑하고, 관계

를 맺고, 속고 속이고, 영원이라는 믿을 수 없는 환
상을 믿으려 한다. 결과만 놓고 보면 이별을 향해
전개되는 서사지만 우리는 그것에 또 한 번 사랑
이라는 이름을 붙여 투신할 것이다. 안 그럴 것 같
겠지만 그런다.

잘츠부르크의
팽이

0.

오스트리아에 다녀왔다. 빈 대학 한국학과에서
단편 「선릉 산책」을 한 학기 동안 번역하고 학기가
끝날 때 작가와의 만남을 갖고 싶다, 하여 좋다, 했
다. 오스트리아에 가본 적은 없다. 오스트리아에
가보고 싶다고 생각한 적도 없다. 그러니까 오스트
리아는 그동안 내게 그 어떤 의미도 없는, 무의 세
계 또는 완벽한 이국이었다. 오스트레일리아와 늘
헷갈리는 나라로, 모차르트가 살았던 클래식을 사

랑하는 나라로, 비엔나커피 혹은 비엔나소시지의
나라로, 어렴풋이 알고 있었을 뿐이다. 생각해보니
의미가 전혀 없긴 않다. 오스트리아는 토마스 베른
하르트의 나라가 아닌가! 하지만 그는 조국을 증
오했고 심지어 저작권 보호기간 동안 자신의 작품
을 출판하거나 공연하지 말라는 유언까지 남겼으
니, 그의 나라라고 하는 건 그에 대한 실례가 아닐
까 싶다.

번역 관련 일정을 끝내고(몇 번의 세미나, 몇 번의
토론과 낭독회) 홀로 빈을 돌아다녔다. 주로 유명한
장소나 지역을, 선호도와 인기도가 높은 순서로 둘
러보는 전형적인 관광이었다. 여기 가서 사진 찍고
저기 가서 구경하는, 관광이라기보단 소극적이고
약간은 지루한, 그저 멍하게 돌아다니기에 가까웠
다. 그러다 갑자기 기차를 타고 다른 지역으로 가
보고 싶은 충동이 들어 '오스트리아 도시'를 검색
했더니 곧바로 '잘츠부르크'가 연관검색으로 등장
했다. 그래서 갔다. 기차를 타고 잘츠부르크에.

1.

유명 관광지는 과거를 팔아 현재를 산다. 오래된 건물과 거리. 오래된 사건과 역사. 그리고 옛날 사람. 유명할수록 위대할수록 좋다. 도시와 마을은 과거를 이야기로 만들어 곳곳을 꾸민다. 잘츠부르크엔 모차르트가 있었다. 레지덴츠 광장에선 정해진 시간에 서른다섯 개의 종이 울리는 모차르트의 곡을 들을 수 있었고, 노락색 외벽이 눈에 띄는 모차르트 생가엔 그가 쓰던 침대와 바이올린, 피아노, 악보가 놓여 있었다. 대성당은 모차르트가 오르간을 연주했던 곳이고, 중세의 고풍적인 분위기를 간직한 게트라이데 거리에선 모차르트 봉제인형과 모차르트 초상화가 그려진 초콜릿을 팔고 있었다. 나는 다른 관광객들과 똑같이 열심히 돌아다녔고, 열심히 사진을 찍었고, 광장 계단에 앉아 모차르트 초콜릿을 먹었다. 그러면서 이런 생각을 했다. '정말 티브이에서 보는 것과 똑같네.' 이국적이고 낯선 풍경과 생경한 느낌이 티브이에서 보던 것과 똑같았다. 그래서 이국적이고 낯설고 생경

91

했느냐? 그건 아니다. 엽서를 보는 것 같았고 지루하고 따분한 여행 다큐를 보고 있는 것 같았다. 그 세계와 그 풍경과 그 사람과 그 언어와 그 음악과 나 사이엔 조금의 교집합도 없었다. 강변 벤치에 앉아 담배를 태우는 외국인들과 말없이 흐르는 강물을 바라보다가 시계를 봤다. 돌아가는 기차 시간까지 세 시간이 남아 있었지만 더 갈 곳도, 가고 싶은 곳도 없었다.

버스를 타고 마을을 구경하기로 했다. 주요 관광지가 아닌 지금의 건물과 지금의 사람들이 모여 살고 있는 동네를 보고 싶었던 것이다. 거짓말처럼 몇 정거장 만에 느낌과 풍경이 확 달라졌다. 기념품을 파는 가게 대신 작은 상점이 보였고, 고성이나 중세시대 옷을 입은 사람들이 더는 보이지 않았다. 자전거 타는 아이들과 유모차를 밀고 가는 여자, 건설용 합판을 어깨에 메고 걷는 남자. 처음으로 이곳이 다른 나라라는 사실을 실감했다. 버스에 관광객으로 보이는 사람은 한 명도 없었다. 긴장한 눈으로 내부를 둘러봤다. 노인과 아이 그리고 불친절해 보이는 청년 들이 미지의 언어로 조용히 대화를 나누고 있었다. 버스에서 난 관광객이 아니었다. 그저 정체불명의 이방인일 뿐이었다. 두려워졌다. 이질적이고 낯설었다.

두 명의 노인이 어느 정류장에 내렸다. 주변엔 아무것도 없었다. 소리도 거의 나지 않고 부는 바람의 결도 달랐다. 지금 생각해봐도 왜 그랬는지 모르겠지만 나는 그들을 따라 내렸다. 그들이 집에 돌아가는 길이라면 그 집을 보고 싶었고, 그들이 어딘가를 방문한다면 그곳을 방문하고 싶었다. 관광지와 관광지가 아닌 곳은 너무 달랐다. 그들은 느리게 걸었다. 나는 그들을 따라 더 느리게 걸었다. 그들과 나는 한참을 걸어 낮은 언덕을 올랐고 작은 공원에 도착했다.

어?

2.

공동묘지였다. 결론적으로 말하면 그곳은 오스

트리아에서 만난 모든 장소들 중 가장 근사하고 인상적인 곳이었다. 이름도 모르고 정확한 지역도 모른다. 다시 찾아가라고 하면 못 찾을 것 같다. 즉흥적으로 우연에 의해 도착한 곳. 그야말로 낯선 시간과 낯선 공간. 그곳은 이제껏 봤던 모든 공원들보다 아름다운 공원이었다. 밝고 맑고 깨끗한 오후의 기운이 감도는 청신한 세계였다. 각각 다른 얼굴의 무덤들이 각각의 풍경과 이야기를 품고 한곳에 모여 있는 모습은 멋지고 경이로웠다. 몇백 년에 걸쳐 죽은 이들이 묻힌 무덤은 개성과 취향이 다른 고유한 방이었다. 다른 물건들. 다른 사연들. 다른 종교들. 다른 믿음들이 서로를 해치지 않고 함께 존재하는 공동의 세계. 나는 느리게 그 사이를 걸었다. 무덤마다 하나하나 다 달라서 하나하나 다 유심히 봐야 했다. 새로웠다. 고유했고 경건했다. 관광지에서 만난 그 어떤 대단한 사연과 의미 있는 사건보다 더 대단하고 의미 있어 보였다. 읽을 수 없는 편지였지만 편지와 함께 있는 사진들과 물건들을 통해 묻힌 자와 묻은 자의 관계를 유추할 수 있었다. 그들은 죽음으로 서로 단절된 사이가 아니었다.

물뿌리개 가득 물을 담아 한 손에 들고 비틀비틀 걷는 노인을 봤다. 그는 누구일까? 무덤지기일까? 다시는 만날 수 없는 이를 만나러 온 가족일까? 친구일까? 연인일까? 그는 한참을 걸어 어느 무덤 앞에 섰다. 시든 꽃 하나 없는 완벽한 작은 정원. 무덤 주위로 자라는 싱그러운 식물들. 그는 꽃과 풀에 물을 주고 비석의 먼지를 닦고 액자에 붙은 꽃잎을 털어냈다. 그리고 가만히 서서 말을 했다. 기도일까? 대화일까? 그냥 혼잣말일까? 아니면 노래를 부르고 있는 걸까? 모르지만 어쩐지 알 것 같은 묘한 기분에 오랫동안 그의 뒷모습을 바라봤다. 노인은 그리운 이의 집을 방문해 그의 방문을 노크하는 심정으로 서 있다. 오래된 사이. 그만큼 많이 알고 편하고 그만큼 예의 바르고 소중한 사람에게 건네는 매일 같은 안부 인사. 잘 잤어? 무슨 생각 해? 오늘 날씨 좋다. 그때 생각나? 나는 이랬는데 너는 어땠어? 보고 싶어. 너도 내가 보고 싶어? 그리고 잠시 침묵. 바람이 불고 햇빛은 따사롭다. 그는 흠뻑 물을 준 뒤 주변의 다른 무덤의 꽃과 나무에게도 물을 준다.

3.

신화에서 피그말리온은 자신의 조각상과 사랑에 빠져 그것을 결국 진짜 사람으로 변화시켰다. 생명이 있고 피와 살이 있는 진짜 사람이 된 것이다. 무엇이 조각상을 사람으로 변하게 했을까? 그리움과 간절함이었다. 피그말리온과 반대로 사람들은 그리움과 간절함의 마음을 담아 살아 있던 것을 조각한다. 그것과 닮은 것을 자꾸 만들어내는 것. 사진을 찍고 그림을 그리고 기록을 하는 것. 기억 속에 있고 감각 속에 있지만, 더 실감나게 더 확실하게 곁에 두고 그리워하는 것. 물론 그것이 피그말리온의 소망 같은 것이 되어서는 안 되겠지만 그래도 조금이라도 진짜처럼 두고 진짜처럼 느끼고 싶은 것. 그런 마음. 우리의 이미지는, 우리의 허구는, 우리의 이야기는 어쩌면 다 그리움이라는 뿌리를 나누어 갖고 있는 것은 아닐까. 사랑하는 개가 죽고 그 개를 꼭 닮은 조각상을 만들어 무덤 밖에 세워놓는 심정은 뭘까. 어쩌면 수도 없이 저 돌조각의 목과 어깨와 귀를 어루만졌을 개의 아빠와 엄마. 하얗게 변하도록 만지고 또 만지며 개의 이름을 부르고 보고 싶다, 보고 싶다, 했을 시간들. 눈물 한 방울도 흘리지 않는다. 포옹은 진짜니까. 착하고 순한 개는 짖거나 으르렁거리지 않고 가만히 몸을 낮춰 주인을 사랑한다. 영원히. 영원히.

언젠가 이런 질문을 받았을 때 다음과 같이 답했다.

Q. 영혼이 있다고 생각하세요? 죽으면 사람들은 천국 같은 곳에 간다고 생각하세요?

A. 살아 있는 사람 중에서 그것을 알 수 있는 사람은 없죠. 저 역시 모르겠습니다. 다만 죽으면 말 그대로 완전히 소멸한다고는 생각하지 않아요. 특

정한 종교에서 말하는 것처럼 확신을 갖고 말씀드릴 순 없지만, 확정할 수 없는 넓은 범위 안에서는 사람이 죽어도 다른 방식과 다른 형식으로 다른 세계에서 지낼 것이라고 믿습니다. 그렇지 않고서는 그 많은 나라와 사람들이 그런 무수한 이야기를 만들어냈을 리 없죠. 천국이든 지옥이든, 귀신이든 유령이든, 강을 건너 다른 세계에 가든 다시 살아나든, 어쨌든 사람들은 죽어도 존재한다고 믿어요. 그래서 무덤을 만들어 그에게 말을 걸고, 기일을 만들어 그를 초청해 함께 먹고 마시고 노는 것이겠죠. 애도라는 것은 단순히 슬픔이 아니라 삶 속에서 계속 그의 이름을 부르는 것이라고 생각합니다. 시간이 지나면 슬픔은 사라지고 일상에서 그와 함께하는 것이죠.

묘지에서 만난 사람들은 모두 소풍 중이었다. 그리운 사람을 그리워만 하지 않고 직접 만나고 있었다. 피크닉 매트를 깔고 마주 앉아 빵을 먹고 주스를 마셨다. 기타를 치고 노래를 부르고 라디오를 놓고 함께 음악을 들었다. 서로에게 기대 오수를 즐기거나 낮은 목소리로 은밀히 대화를 나누었다. 웃고 떠들고 뛰고 걸었다. 자전거를 탄 한 노인은 나를 향해 환하게 웃으며 손을 흔들어줬다. 나도 활짝 웃으며 손을 흔들었는데 그 순간 죽은 H가 생각났다. 자전거를 못 타는 H. 자전거 타는 법을 반드시 알려주고야 말겠다며 H에게 핸들을 잡게 하고 나는 뒷좌석을 잡았다. 허사였다. 소용없었다. 아무리 노력해도 H는 자전거를 혼자 타지 못했다. 비틀거리다 기어이 넘어지고야 마는 자전거가 생각났다. 바닥에 쓰러져 부끄럽게 웃는 H의 얼굴과 바보 같은 표정도 생각났다.

4.

지금 이 글을 쓰고 있는 새벽 3시 30분에 오스트리아의 이름 모를 묘지를 생각하고 있다. 그곳의 꽃들과 나무들, 곳곳에 놓여 있는 물뿌리개와 곱게 접혀 수북하게 쌓인 편지들과 사랑하는 사람들

이 포옹하며 찍은 사진들이 생각난다. 그곳에 내
가 잠깐 있었다는 것. 그래서 묘지의 사람들(산 자
와 죽은 자)이 나를 기억해줄 거라는 것. 그곳에서
H(내게는 죽은 H들이 많다)를 떠올렸고, 오랫동안
한 감정 안에서만 그를 생각한 것에서 벗어나 소풍
처럼, 자전거처럼, 오후의 햇빛과 산책과 싱싱하게
붉고 푸른 꽃들처럼 생각할 수 있었던 것. 그 모든
것들이 고맙고 또 고맙다. 네 번째 서랍 깊숙한 곳
에 팽이가 있다. H의 것이었고, 나중에 내게 선물
로 준 것이다. 나는 그것을 내 방에서 숨길 수 있는
가장 깊고 은밀한 곳에 감췄다. 너무 소중하기에
절대로 발견되면 안 됐다. 누구도 만져서는 안 됐
다. 나조차 만질 수 없었다. 한국으로 돌아오는 비
행기 안에서 그 팽이를 생각했다. 왜 나는 몇 년 동
안 팽이를 한 번도 꺼내보지 않았을까? 그렇게 깊
이 감춘 이유는 무엇이고, 또 의미는 무엇일까? 자
문해봤지만 나는 아무것도 답하지 못했다. 집에 와
서 가장 먼저 한 일은 팽이를 꺼내는 일이었다. 손
바닥에 올려 한참 바라봤고, 책상에 두고 한참 바

라봤다. 나중엔 가장 잘 보이는 상석에 팽이를 보란 듯이 올려놨다. 그런 다음 틈틈이 쳐다봤다.

그리고 지금 이 시간. 팽이를 들고 꼼꼼하게 실을 감았다. 그러고는 바닥에 던졌다. 팽이는 흔들림 없이 씽씽 돌았다. 손대지 않으면 영원히 돌 것처럼 에너지를 뿜뿜 발산하며 근사하게 돌았다. 오늘은 이 방을 H의 방으로 만들고 싶다. 언젠가 H의 집에 놀러가 밤새 이야기를 나누던 어느 행복한 날처럼 오늘은 그런 밤이 되었으면.

반드시 오스트리아에 다시 가야지. 기차를 타고 잘츠부르크에 가야지. 버스를 타고 아무것도 없는 벌판과도 같은 정류장에 내려 노인들과 함께 다시 그 묘지에 가야지. 꼭 그래야지.

리얼 월드

빨강과 초록을 구분하지 못하는 이들이 있다. 세계의 풍경과 사물은 빨강과 초록이 많고, 주황과 파랑 보라 등등 많은 색에도 빨강과 초록이 섞여 있기에 그들의 눈에는 세상이 거의 회색으로 보일 것이다. 신호등을 구분하지 못하고 풀숲에서 메뚜기를 발견하지 못하며 사랑하는 이의 눈동자가 정확히 어떤 색인지 알지 못한다. 평생을 무채색 세계에서 살았던 사람들이 색을 볼 수 있게 도와주는 색맹 안경을 선물 받는 영상을 봤다. 나는 놀랐다. 그들이 그렇게 격하게 반응할 줄 몰랐던 것이다. '아, 세상엔 이렇게 다채로운 색깔이 있구나. 신기하네' 고개를 끄덕이며 가볍게 미소 지을 줄 알았는데 아니었다. 그들은 당황했고 몇 번이고 안경을 벗었다 쓰며 확연하게 구별되는 컬러의 세계를 확인했다. 그 선명한 색에 놀란 나머지 자리에 주저앉아 울음을 터트리며 외쳤다.

"오 마이 갓."

"이렇게 초록색이 다양하다니."

"세상에, 눈동자 색깔 좀 봐."

"나뭇잎이 너무 밝아."

"난 이제 청바지가 왜 청바지인지 알 것 같아."

기대 없이 시큰둥하게 안경을 끼던 한 할아버지는 잠시 멍하니 안경 속 세상을 보고는 슬며시 안경을 벗었다. 그리고 코와 입을 손으로 가렸다. 예상치 못한 충격에 몸이 떨렸고 다리는 휘청거렸다. 감탄과 감동이 그의 평상심을 무너뜨렸다. 그는 주변을 바라보며 말했다.

"리얼 월드?"

살면서 무수히 들었을 것이다. 세상엔 자신이 알지 못하는 많은 색이 있다는 것을. 하지만 그것이 무엇을 의미하는지는 몰랐을 거다. 감각할 수 없으면 느낄 수 없다. 그러나 안경의 도움으로 머리로만 이해했던 색을 직접 보고 경험했다. 아이도 어른도 모두 경탄했고 눈물을 흘렸다. 그들이 놀랄 때 나 역시 놀랐고 그들이 울 때 나도 울컥했다. 영상을 끄고 주변을 둘러봤다. 빨간색 노트. 파란색 가방. 핑크색 물병. 형형색색의 젤리. 다채로운 색으로 가득한 책과 그림들. 그러나 내게는 놀랍지도 경이롭지도 않았다. 단조롭고 뻔하고 평범했다. 그들이 부러웠다. 항상 곁에 있고 같은 모습인 이 세계가 그들에게는 자극적이겠지. 입을 다물 수 없을 정도로 새롭고 아름답겠지. 빨강의 강렬함. 노랑의 명랑함. 파랑의 시원함. 초록의 평안함. 왜 나는 그것들에 둘러싸여 살면서 그런 기분을 느끼지 못하는 걸까.

아름다운 색을 곁에 두고서도 아름다움을 느끼지 못하는 나야말로 색맹 아닐까?

〈걸어도 걸어도〉〈환상의 빛〉 등 많은 명작을 연출한 고레에다 히로카즈는 산문집 『걷는 듯 천천히』에서 만약 어떤 풍경을 보고 아름답다고 느낀다면 그 아름다움이 내게 있는 것인지, 풍경에게 있는 것인지 묻는다. 언뜻 생각하면 어렵지 않은 질문이다. 길을 걷다가 하늘을 봤는데 노을이 지고 있다. 그 풍경을 보고 마음속에서 '와, 아름답다'라는 감정이 들었다면, 그 감정은 당연히 노을이 준 것이다. 하지만 노을은 자연현상의 일부일 뿐이다. 만약 노을이 '아름다움'을 갖고 있다면 그 노을을 보는 모든 이들이 같은 감정을 가져야 한다. 그런데 노을을 두고도 어떤 이는 아무렇지 않게 길을 걷고 어떤 이는 멈춰 서서 사진을 찍는다. 어쩌면 그 순간 아름다움은 노을이 갖고 있는 것이 아니라 그 노을을 바라보는 이의 감정과 감각에 있는 것 아닐까? 사물과 풍경에겐 아름다움이 없다. 하늘의 별을 아름답게 바라보는 것은 그것을 보는 사람의 마음이 아름답기 때문이다. 과학적으로 봤을 때 별은 차가운 우주 속에 떠 있는, 생명의 기운이 하나도 없는 거대한 암석 덩어리일 뿐이니까.

세계는 언제나 그 모습 그대로 있다. 오늘은 어제와 같고 내일은 오늘과 비슷할 것이다. 하지만 그것을 다르게 보고 다르게 느끼는 이에게 세계는 색을 보여주고 그에 걸맞은 감정을 선사한다. 단순히 시력으로만 세상을 보지 않는 것. 형상과 이미지로만 파악하지 않는 풍경과 대상. 내게도 누군가 선물해줬으면 좋겠다. 세상의 색을 제대로 볼 수 있는 안경을. 무채색으로 어둡게 가려진 세계. 제대로 볼 줄 안다는 인식 탓에 세계 안쪽에 존재하는 비밀을 감지하지 못하는 마비된 감각기관. 그것들을 환하게 밝혀주는 안경을 쓰고 컬러풀한 세계를 바라보며 이렇게 외치고 싶다.

"리얼 월드?"

한 줄의
밑줄

;

자책하며,
쓴다

1. 쓴다

김수영의 시를 읽으면 그가 품은 문학의 마음
이 읽히고, 그가 쓴 산문을 읽으면 김수영이 읽힌
다. 시인 김수영. 생활인 김수영. 화가 난 김수영. 부
끄러운 김수영. 초라한 김수영. 술꾼 김수영. 변덕
쟁이 김수영. 자책하는 김수영. 작가 김수영. 등등.
시인으로서 당연히 그가 좋지만 그저 김수영으로
도 나는 그가 좋다. 그가 산문을 통해 말해준 것들
과 그래서 알게 된 것들이 좋아서가 아니다. 좋아

할 만한 사람이라서도 아니다. 솔직히 말해 김수영은 작가로서는 존경할 만하나 생활인으로서는 실망스러운 점이 많다. 하지만 나는 그를 결과적으로 좋아하는데, 자신이 갖고 있는 모든 재료와 원료로 가감 없이 글로 썼기 때문이다. 어찌 보면 거의 일기에 가까운 글을 써준, 그래서 지금 이 시점에 읽을 수 있게 해준 작가로서 김수영이 좋은 것이다.

어느 문학 모임에서 A가 B에게 물었다. '문학은 ○○이 아니다'라는 문장에 당신은 어떤 단어를 넣고 싶은가? 질문을 받은 B는 잠시의 망설임도 없이 일기, 라고 말한 뒤 '문학은 일기가 아니다'라고 답했다. 질문과 답을 들은 사람들은 대부분 고개를 끄덕였다. 나는 그 말에 동의하면서도 완전히 동의하지는 않는다. 맞다. 문학은 일기가 아니다. 자신의 일기를 문학이라고 주장하거나 착각하는 글쓴이를 만나면 당혹스럽다. 자기에게 일어난 사건을 곧 소설적인 장면이라 믿고, 자기가 느낀 감정을 특별한 문학적 발견으로 인지하며, 자기가 겪

는 마음의 문제나 모종의 발견이 곧 시적인 순간이
라고 강하게 주장할 때 독자는 민망해진다.

　개인에게 일어난 일은 사적이고 그래서 고유하
지만, 사건 자체는 일반적이고 상투적이다. 경험과
사건 그 자체만 놓고 보면 사람들은 비슷한 일을
비슷한 순서로 비슷한 과정에 따라 겪는다. 학교에
가고 사춘기를 통과하고 사랑에 빠지고 이별을 경
험하는 등등. 이야기의 세계에서 말 그대로 새로운
것은 없다. 소재별로 장르별로 스타일별로 비슷하
게 묶어서 말할 수 있는 게 이야기다. 하지만 그 일
을 겪고 느낀 감정과 감각은 고유하다. 그것을 잘
표현하고 설명해낼 수 있다면 그것은 유일한 것이
되고 때로는 새로운 것이 되며, 문학적인 의미와 가
치도 발생한다. 그런 점에서 모든 이야기는 상투이
지만 이야기를 관통하고 있는 시선과 의식은 고유
해야 하는 것이다. 좋아하는 작가의 글을 읽을 때
한두 문장만 읽어도 그의 독특한 말투와 음성을
알아듣는 듯한 기분이 드는 건 이야기와 소재와
조건과 단어 때문이 아니다. 그것들을 잇고 합성하

며 전에 없던 새로운 것으로 만들어가는(변해가는, 탄생하는) 핵심 요소가 작가에게 있기 때문이다. 감정. 시선. 뉘앙스. 좋아하는 단어. 매료된 풍경. 리듬. 반복과 변주. 이것들은 모두 '그 작가'에게만 있는 DNA 같은 것이다. 그러니까 문학은 어떤 의미에서 철저히 작가만의 사적인 일기 비슷한 것이 되어야 한다. 김수영은 작가가 지닌 사적인 감각과 인식을 일기처럼 적나라하게 쓰기만 해도 그 자체로 훌륭한 문학이 될 수 있다는 것을 잘 보여준다.

김수영은 자학한다. 수치를 느끼고 부끄러움을 토로한다. 다른 작가들을 무시하거나 비판하고 때론 비난한다. 자꾸 화를 낸다. 어떤 것도 그냥 지나치지 못하고 쉽게 받아들이지 못한다. 흥분하고 소리친다. 그의 어떤 산문은 글이라기보다 말에 가깝다. 아니, 말이라기보다 고함에 가깝다. 그러나 나는 그의 감정이 변덕스럽고 뒤섞여 있는 것이 좋다. 자신의 시를 미워하고 사랑한다. 잘나가는 시인을 신랄하게 비난하고(질투하고) 혐오 발언을 돌을 던지듯 내뱉으며 동시에 밀려오는 자괴감에 몸부림친다. 때론 지나치게 위악적이고 어떤 날은 지나치게 저자세로 자신의 글을 반성한다. 혼자 너무 진지하고 너무 심각하다. 나는 좋다. 어떤 이들에겐 아무짝에도 쓸모없는 것들에 대해, 그래서 쓰레기 같은 것들에 대해, 말하고 의미를 부여하는 그의 솔직하고 자유로운 글이 좋다. 팔 수 없는 것. 가격을 매길 수 없거나, 가격을 매기면 헐값으로 떨어지는 인식과 생각들이 그의 글에서는 반짝반짝 빛난다. 그가 빛나게 쓰는 게 아니라 '빛나게 쓰지 못하지만 그래도 나는 쓰겠다'라는 마음으로 쓰는 그의 글이 내 눈에 빛나 보이는 것이다.

2. 이렇게 써도 될까?

김수영의 산문을 읽을 때 가장 내 마음을 건드리는 것은 그가 자책하고 괴로워할 때다. 아무 말이나 내뱉고 필요 이상으로 스스로를 꾸짖는다. 보기에 따라 감정에 휘둘려 뜨거운 문장을 마구 휘갈겨 쓰는 것처럼 보인다. 휘갈겨 쓴다고? 아니다. 그렇게 말해선 안 된다. 그의 진지함과 문학적 태도를 함부로 폄하하는 것은 무례한 일이다. 그는 글에 대해 엄격하고 스스로 극복할 수 없을 정도로 높은 수준의 목표를 정해놓고 있다. 이상적인 기준을 정하고 작가라면 누구나 행해야 하는 것으로 상정하고 있다. 때문에 그는 매일이 괴롭고 아무리 애써도 성에 차지 않는 불행한 작가가 된다. 게으르다 느끼고 무책임하다 느끼며 함부로 막 쓴다는 자책으로 몸과 마음을 학대한다. 「글씨의 나열이오」(1967)란 글에서 그의 자책은 지나칠 정도여서 읽기가 괴로울 지경이다.

며칠 전에 「깨꽃」이라는 몇 해 전의 작품을 어디다 주려고 청서를 하면서, 그러나 그들의 오해가 내 오해로 변했소. 무슨 말이냐고? 이 「깨꽃」이라는 글 중의 어디에서 시를 찾을 수 있는지 모르겠소. '의미'로서의 시가 없소. '의미'로서의 시가 안 되오. 그것은 그냥 글씨의 나열이오. 미안하오. 그 글씨의 나열에 대해서 오천 원이나 받아서 미안하오.

자신이 쓴 글이 글도 아닌 그저 글씨의 나열이라는 고통스러운 인식. 애써 쓴 시에서 전혀 시를 발견할 수 없다는 슬픈 고백. 아무 의미도 발생시키지 못하는 글씨의 나열을, 돈을 받고 쓰고 시로 발표하고 있다고 자책하는 작가의 마음이란 도대체 어떤 걸까? 그것을 모른다고? 안다. 너무나 잘 알기에 미안하지만 웃음이 나올 정도다. 자책과 자학이라면 나도 절대로 뒤지지 않는데, 김수영의 글을 보고 있으면 나 정도면 괜찮구나 싶은 기이한 안심과 위로를 얻는다. 내 글이 고장 나 있다는 불안. 그동안 더 나은 것을 쓴 적이 없고 더 나은 것을 쓸 자신도 없는 무기력한 상태. 하지만 포기하고 싶지도 않은 복잡한 마음. 훌륭한 작가라면 이런 나약한 마음을 이겨내고 자신감 있게 쭉쭉 써나가야 하는 것 아닐까? 하지만 나는 안다. 이제야 가까스로 알게 됐다. 비정상적인 불안과 자책 속에 시달리는 상태가 작가에겐 정상적인 상태라는 것을.

3. 그래도 쓴다

그러나 김수영은 썼다. 쓸 수 없는 마음과 쓸수록 어두워지는 마음에 대해서도 썼다. 쓸 수 없는 모든 이유를 이용해 썼고, 심지어 쓸 수 없다는 말조차 글로 썼다. 내가 김수영에 대해 쓰기로 마음먹었던 가장 큰 이유가 바로 그것이다. 그는 어쨌든 썼다는 것.

작가는 본다. 아직 존재하지 않는 문장을 본다. 아직 읽을 수 없는 문장을, 배열되지 않아 혼돈 속에 뒤섞인 단어들을 본다. 문장이 지시하고 설명하려는 모종의 대상과 이미지와 생각은 작가의 곁에 있다. 분명히 실존한다. 그러나 같은 모습으로 그려낼 수 없다. 같은 질감과 색감으로 옮기지 못한다. 옆에 있는데 만질 수도 없다. 그것은 홀로그램처럼 텅 빈 채, 그러나 온전하게 서 있다. 그러나 쓰려 한다. 써야 한다. 일반화와 요약의 유혹에 빠진다. 정확하게 쓰지 못하더라도 비슷하게 표현할 수 있지 않을까. 비슷하다는 것은 거의 같다는 것 아닐까. 아니, 어쩌면 정확하게 쓰는 것은 불가능한 꿈일지 몰라. 그러나 그럴 수 없다. 펜을 던지고 드러눕는다. 능력 없음을 비난하고 게으름을 탓하고 스스로 조롱하고 조소하며 낄낄거리기도 하면서. 그러나 그것은 잘 쓴 것이다. 그냥 함부로 쓰려고 했던 것보다 더 나은 쓰기다. 쓰지 않음으로 진짜 쓰기를 지켜낸 것이다. 그렇게 위로하기로 하자.

작가에게 가장 중요한 것은 어쨌거나 쓰는 것이다. 잘 쓰는 것은 그다음이다. 그러기 위해선 모든 마음을 글쓰기를 위한 재료로 사용할 필요가 있다. 모든 마음을 글을 쓰지 못하는 이유로 사용하는 것보다 윤리적이고 정당하다. 작가는 비윤리적인 것을 써내는 것이 차라리 윤리적이다. 아무것도 하지 않고 주장할 수 있는 것은 없다. 하지 않음으로서의 정의는 없다. 나는 그렇게 믿는다. 땅에 묻어두고 손해를 예방하는 것은 이미 어떤 것도 창조하지 않았으므로 가치가 없다. 어떤 창작의 에너지도 발생하지 않는다. 나쁜 에너지도 좋은 에너지도, 욕하고 논쟁할 수 있는 담론으로서의 가치조차도 발생시키지 못하는 안전하고 편안한 작가들

아. 쓰지 않고서 쓰는 자로 살 수는 없다. 김수영을 읽고 내가 한 다짐이다.

그림자들

문학, 하면 떠오르는 두 개의 그림자가 있다.

하나는 이장욱의 『나의 우울한 모던 보이』의 서문 마지막 부분이다.

문제는 우리 시대다. 우리 시대의 아웃사이더는
그의 선조들이 향유했던 '찬란한 고독'을
몰수당한다. 오늘날 '예술가의 고독'은 더 이상
찬란하지도 음산하지도 않다. (…) 그는 이제
안 보이는 투명 괴물, 혹은 제 그림자와 싸운다.

희미한 빛 속에서 홀로 섀도복싱을 하는 고독한
인파이터들.

링을 잃은 선수. 상대가 없는 대치. 아무도 관심
을 주지 않는 시시한 경기. 시작도 끝도 없이 이어
지는 무기력한 어떤 상태. 그러나 나는 공격당하고
있다. 쓰러지지 않기 위해서는 방어해야 한다. 적
은 누구일까? 어떻게 방어해야 하나? 모른다. 이길
수는 없고 계속 지는 것만 같다. 그러니까 이것은
견디기. 버티기. 견디고 버티는 상태를 유지하기.
유지하는 것을 계속 유지하기. 이 말장난 같은, 허
깨비 같은 싸움에 의미와 가치는 없다. 그러나 이
싸움. 그만둘 수 없다. 관중이 없고 상대가 없어도
링에서 내려올 수 없다. 중요한 것은 싸우는 것. 누
구와(무엇과) 싸우는 것이 아닌. 이 상태를 지속하
며 지금과 순간을 버텨내는 것. 그것이 유일한 목
적인 선수. 어쩌면 그는 단식하는 광대. 어느 순간
관객이 모두 사라져 공연의 의미를 잃어도 단식을
멈추지 않는(멈출 수 없는) 광대. 먹고 싶은 게 없으면 먹지 않는 광대. 보는 이들이 없어도 자세를 풀지 않는 광대. 사라졌는지 죽었는지 알 수 없지만 보이지 않는 모습으로까지 존재하며 계속 이 싸움을 이어가는 그림자를 닮은 싸움꾼.

다른 하나는 미하엘 엔데의 『오필리아의 그림자 극장』.

유명한 배우가 되라는 부모의 바람으로 〈햄릿〉의 '오필리아'와 같은 이름을 갖게 된 여인. 오필리아는 목소리가 너무 작은 탓에 배우가 될 수 없었다. 그러나 연극을 사랑했던 그녀는 하찮은 일이라도 하고 싶어 무대 옆 상자에 들어가 작은 소리로 은밀히 배우들에게 대사를 불러주는 일을 한다. 오필리아는 그 일을 사랑했고 잘했다. 유명한 희극과 비극에 나오는 대사를 모조리 외워 나중에는 대본을 보고 읽을 필요도 없을 정도였다. 세월이 흘렀다. 사람들은 더 이상 연극을 즐기지 않았고, 극장 대신 영화관을 찾거나 티브이 앞에 모여들었다. 이제 오필리아는 할머니가 됐다. 그리고 평생일한 극장이 영업난으로 문을 닫던 마지막 날, 텅 빈 무대에서 홀연히 나타난 그림자를 만나게 된다. 그림자는 그림자로만 존재했다. 무엇의 반영이 아니었고 누구의 형상도 아니었다. 희미한 것. 무의미하고, 사소하고, 외롭고, 잊혀진, 겨우 존재하는 자였다. 오필리아는 기꺼이 그를 맞아들인다. 소문을 듣고 오필리아에게 외로운 그림자들이 몰려든다. 그녀는 그들을 모두 받아들인다. 육체는 없고 소리와 정신만 있는 이들은 오필리아가 들려주는 대사를 따라하며 배우가 되고, 그들의 수다스러운 모임은 근사한 극이 된다. 무대에 한 번도 올라보지 못한 오필리아는, 자신의 목소리를 한 번도 관객에게 들려주지 못한 오필리아는, 아이러니하게도 내가 만난 그 어떤 극의 배우보다 아름답고 의미 있는 인물이었다. 그는 영원토록 그 사실을 알지 못할 테지만.

삶을 싸움에 빗대는 비유는 낡았지만 그래서 흔하고 뻔하지만 유효할 때가 있다. 매 순간 경험하는 감각과 느낌이 그렇기 때문이다. 도처에 적이 있고 사방에서 무엇인가 공격해온다. 긴장으로 몸과 마음은 굳어 있고 이 싸움을 멈추고 싶지만 방법도 능력도 없다. 이길 수 없지만 또 질 수도 없기에 링에서 내려올 수 없는 상태. 문학을 하는 것도 (사랑하는 것도) 그렇지 않을까? 책을 읽고 글을 쓰고 무엇에 대해 사유하고 감각하는 모든 문학적인 상태들. 홀로 섀도복싱을 하고, 아무도 보지 않는 단식 공연을 하며, 때론 그림자들과 극을 하면서 죽는 그 순간까지 무대의 빛을 볼 수 없더라도 이 삶을 유지하는 것. 필요하다면 버티고 싸우며 스스로를 이겨내는 것. 무의미를 견디고 사소함을 견디고, 질문을 이겨내고 무관심을 이겨내는 것. 때로는 수치와 치욕으로부터, 때로는 쓸모와 의미의 강압으로부터 의연해지는 것. 최소한 그런 척이라도 하는 것. 그것만으로도 의미 있는 것 아닐까? 문학에게 묻고 싶은 날이 있다.

유니크들에게

창작자에게 가장 중요한 게 뭘까. 관점에 따라
다양한 의견들이 있겠지만 아무래도 '새로움' 아닐
까? 전에 없던 것을 처음으로 만들어내는 것. 창작
의 원래 뜻이 그렇다. 그러니까 창작자는 위대한
작품은 만들 수 없더라도 새로운 작품은 만들어
야 한다. 그것이 대단한 의미를 갖지 않더라도, 보
잘것없거나 세상에 아무 영향도 미치지 못한다 할
지라도, 어쨌든 새로울 것. 만든 그것이 새것일 것.
그렇다면 새롭다는 건 구체적으로 뭘까. 말 그대로

다. 이전에 없던 것. 듣도 보도 못한 것. 마치 이전엔 존재하지 않았던 발명품 같은 것. 그래서 독특하고 특이하고, 딱 봐도 새로움의 기운이 무럭무럭 솟아나는 아무튼 그런 것.

새롭지 않으면 창작이 아닌가?

이렇게 질문하고 싶을 것이다. 그러니까 이 글은 그 질문에 대한 두서없는 답변들이다.

다른 말로 해보자. 창작자는 '유니크'해야 한다. 단어의 뜻은 다음과 같다. '유일한' '특별한' '독특한'. 그런데 유니크는 '독특한'이라는 뜻으로 주로 쓰이는 것 같다. 눈에 확 띄는, 신선한 기운이 느껴지는, 어딘가 이국적인, 세련된 스타일. 그래서 많은 창작자들, 특히 시작하는 창작자들은 독특한 의미의 유니크가 되고 싶어 한다. 그것이 즉각적으로 새롭게 느껴지기 때문이다. 표면적으로 돋보이고 깊게 헤아리지 않아도 곧바로 새로움이 실감되기 때문이다. 생각해보자. 그런 창작물도 있지만 우리가 아는 창작물 혹은 작품 들은 모두 독특한가?

독특한 느낌으로 새로운가? 아닐 거다. 어떤 그림. 어떤 음악. 어떤 영화. 어떤 스타일은 독특함과는 거리가 멀다. 때론 익숙하게 느껴질 때도 있다.

이런 창작은 새로운 것이 아닌 걸까? 튀어 보이지 않는데? 특유의 스타일이랄 것도 없는 것처럼 느껴지는데?

유니크의 다른 두 뜻을 말해보자. '유일한' '특별한'. 다르게 말하면 '고유한 것'. 고유함은 새롭다. 다른 것들 사이에서 우뚝 솟아 있지 않고, 저 멀리 앞서 나가지도 않고, 티 나게 다른 옷을 입지 않아도, 고유한 것은 그 자체로 새롭다. 무엇과도 같지 않기에. 이전에 자신과 같은 것이 하나도 있지 않았기에. 앞으로도 그럴 것이기에. 고유함은 새롭고 그것은 언제나 새것이다. 그러니까 지문 같은 것. 목소리 같은 것. 대단히 고유해 보이지 않을지라도, 대충 보면 다 비슷해 보인다 할지라도, 그것은 유일하다. 하나밖에 없다.

색의 세계에서 가장 독특한 자리를 차지하고 있

는 대표적 유니크는 '빨주노초파남보'일 것이다. 파랑과 빨강의 차이. 노랑과 보라의 다름. 주황은 초록과 빨강으로 인해 더 주황처럼 보인다. 그런데 색상이 일곱 개밖에 없나? 이미지를 전문적으로 다루는 사람에게 색의 종류를 물어보면 고개를 갸우뚱 기울이며 '뭐라고?' 하고 되물을 것이다. '그것을 어떻게 헤아릴 수 있어?'라며 웃을 것이다. 모르는 사람의 눈에는 비슷하고 평범해 보인다. 그래서 같은 색처럼 보인다. 그러나 그것을 잘 아는 이들의 눈에는 다 다르고, 또 각각 다른 이유가 있다. 립스틱을 사용하지 않는 내 눈에 빨간색은 모두 비슷해 보인다. 핑크가 빨강과 다르다는 정도만 알 수 있을 뿐이다. 그러나 빨간색의 종류는 굉장히 많다. 체리 레드. 레드벨벳. 딥 레드. 크림슨레이크. 로즈매더. 코랄 레드. 스칼렛 레드. 퍼머넌트 레드. 카민. 지금 이 순간에도 새로운 색은 만들어지고 있다.

이누이트의 언어에서 눈을 표현하는 단어는 굉장히 많다고 한다. 우리에겐 그저 '함박눈' '싸라기

눈' '진눈깨비' 정도인데 그들에게는 왜 그렇게 많은 걸까? 더 자주 보고 더 깊이 경험하는 이들은 작은 차이를 발견할 수 있고 변화를 느낄 수 있다. 멀리서는 비슷해 보일지라도 가까이서 보면 다르고, 또 그것을 표현해야 할 단어도 많이 필요한 것이다. 모르는 이들의 눈에는 잡초지만 식물학자는 그것들을 각각 구분할 수 있다. 그것에 대해 더 많이 알고 더 관심이 있는 자들은 '비슷하다'라고 말하지 않는다. 너무나도 다르고 엄청난 차이가 있기 때문에 도저히 그렇게 말할 수 없는 것이다. 각각은 다 고유하다. 심지어 기성품조차도 품번이 있다. 고유한 것들은 억지로 고유할 필요가 없다. 어떤 특정한 고유함, 어떤 특정한 색이 될 필요가 없는 것이다. 그것은 그냥 고유하게 원래 그렇게 존재한다.

자신의 감각과 사유. 창작을 향한 규정할 수 없는 모호한 욕망. 그리고 아직 구체적인 결과물로 만들어내지 않은 '어떤 창작하고 싶음' 속에 깃든 고유함. 다른 것들끼리의 미세한 차이를 발견하는 것. 그리고 마침내 그것을 어떤 식으로든 표현하고 명명할 때 그것은 고유해진다. 아니, 더 정확하게 말하면 '고유하다는 것을 발견'했다고 해야 할 것이다. 자신의 판단과 무관하게 그것은 이미 주어져 있는 거니까. 원래 그렇게 고유하게 존재하니까. 본인만 모를 뿐이다.

결정된 세계와 사물의 색에 반기를 들었던 인상파 화가들의 의문은 하나였다. 내 눈에는 그렇게 보이지 않는데? 오늘의 기분에는 다르게 보이는데? 한여름 시들지 않는 잎사귀는 초록색이지. 그런데 그늘 속의 잎사귀는? 한밤의 잎사귀는? 다 떠나서 너무도 우울하고 슬픈 내 눈에 보이는 지금의 잎사귀는? 아무래도 초록색은 아닌 것 같아. 내게 보이는 인상. 왜곡되어 내 뜻대로만 해석되는 세상. 빛과 어둠이 결정하는 세계가 아닌 감각과 감정이 결정하는 세계. 세상은 모두에게 같은 조건으로 주어진다. 그러나 그것을 바라보는 눈동자는 다르다. 마치 렌즈에 끼워 인위적으로 색을 바꾸는 필터처럼 자기 식대로 보게 된다. 그렇게 보이는 것이 결과적으로 자신만의 색이다. 무엇에 초점을 맞출 것인가. 어디에서 어디까지 볼 것인가. 이것이 차이를 만들어낸다. 새로움을 찾기 위해 세상을 헤맬 필요는 없다. 경험하지 않은 것도 겪고 나면 그저 널리고 널린 상투적인 경험일 뿐이니까. 중요한 건 시각. 그것을 바라보는 내 감각과 감정이다. 새로움을 찾아 내게 이식할 필요는 없다. 나 자체가 고유하기에 나는 언제나 새로울 수밖에 없는 존재다.

그러니 잊지 말자. 나는 유니크하다. 내게 보이는 세계를 나만의 시선으로 말할 수 있다면 내 표현은 그 자체로 유니크하다.

별것 아닌 것 같지만
도움이 되는,
두부

이상한 밤이 찾아올 때가 있습니다. 그 느낌은 다음과 같아요. 일단 힘이 듭니다. 슬프고 우울합니다. 속이 상하고 자존심은 무너지고 억울하다는 생각에 자꾸 눈물이 납니다. 우는 게 짜증 나서 손등으로 눈가를 훔치고 인상을 찌푸려봐도 눈물은 멈추지가 않습니다. 마음이 어둡습니다. 답답합니다. 숨을 길게 쉬어도 빠져나가지 않습니다. 아무것도 할 수 없고 하고 싶지도 않습니다. 가만히 있는 것도 어렵습니다. 눕고, 앉고, 서고, 걷고, 다시 앉고, 눕기를 반복합니다. 어떤 자세로 있어도 10분을 견디기가 어렵습니다. 그리고 생각합니다.

'이 밤 어쩌지?'

이 밤이 끝나지 않을 것 같아요. 나쁜 감정과 힘든 감각이 사라지지 않을 것 같습니다. 머리로는 압니다. 시간은 흐르고 나와 상관없이 지구는 정직하게 돌고 있으니까 이렇게 저렇게 뒤척이면 새벽은 온다는 것을요. 나는 변덕쟁이고 감정과 정서는 공기나 물과 같아서 흘러왔다가 흘러간다는 것도 압니다. 그런데 이상한 밤에는 그 모든 것들이 다 거짓 같아요. 마음은 돌처럼 단단합니다. 어두운 생각은 숲속의 나무처럼 크게 자라납니다. 시간은 갑니다. 다만 동굴처럼 더 깊고 어둑한 쪽으로만 향하죠. 가장 좋은 방법은 잠입니다. 스위치를 내리면 꺼지고 올리면 다시 켜지는 것처럼 정신과 육체를 리셋해주기 때문입니다. 높은 확률로 자고 일어나면 간밤의 문제는 시시해지고, 감정은 희미해지며 감각은 둔해집니다. 무덤덤한 기분으로 머리를 긁적이며 시큰둥하게 세수하고 양치하면 새롭게 시작되는 하루.

그런데 어떤 이상한 밤은 잠들 수조차 없습니다. 피곤함이 눈꺼풀을 누르고 몸과 정신을 노곤하게 만들어도, 불면이라는 얼굴과 단어는 나를 바라보며 허공에 둥둥 떠다닙니다. 잠을 자야지, 라고 생각하면 잠을 자야지, 라는 생각만 메아리처럼 반복되는 아, 이 밤 어쩌지. 울고 싶지만 이미 많이 울어 더 울 수도 없는 이상한 밤.

이럴 때 제가 사용하는 방법을 알려드리겠습니다.

하나.

'흠, 오늘 좀 이상하네' 중얼거리며 침대에서 일어납니다. 이때 중요한 것은 목소리도 표정도 심드렁하게 만드는 거예요. 있지만 없는 척. 알지만 모르는 척. 큰 개가 으르렁거려도 안 보이는 척 그 앞을 무심히 그냥 걸어가는 겁니다. 위협하는 개가 뻘쭘해지도록.

둘.

부엌에 가세요. 그리고 가능한 한 딸깍 소리가
나게 스위치를 켜세요. 소리가 안 나는 스위치라
면 혼잣말을 해보는 것도 좋습니다. '켜져라!' 혹은
'얍' 뭐, 이런 식으로요. 짠, 하는 느낌과 함께 부엌
이라는 창조의 세계가 시작되었습니다.(창조의 세
계? 이런 생각 드시겠지만 나 스스로를 연극 무대에 오
르는 배우쯤으로 설정하는 것이 중요합니다. 행복해서
웃는 게 아니라 웃어서 행복하다, 그 비슷한 원리라고
생각하시면 됩니다.)

셋.

냉장고 문을 엽니다. 우리가 찾아야 할 식재료
는 계란, 아닙니다. 만두, 절대 아닙니다. 라면, 냉장
고에서만 찾으세요. 바로 두부입니다.(여기서 잠깐,
냉장고라는 세계는 작지만 집마다 각각 다른 환경과 조
건을 갖고 있습니다. 두부는 계란과 김치처럼 항상 준비
되어 있는 재료는 아닐 수도 있어요. 그러니 장에 갈 때
두부는 몇 개라도 장바구니에 집어넣으세요. 한 모씩 포

장되어 있는데 가격도 무척 저렴합니다. 2,000원이면, 세일할 때는 1,500원에 살 수 있습니다.)

　넷.

　비닐을 벗기고 찬물에 잠긴 두부를 조심스럽게 꺼내어 도마 위에 올려놓으세요. 그리고 잠시 감상하세요. 몰캉몰캉하고 하얀 직육면체. 떡처럼도 보이고 푸딩처럼도 보이는 예쁜 큐브 한 덩어리를 손가락으로 살짝 눌러보세요. 부드럽지만 은근히 단단한 묘한 감촉이 느껴지실 거예요. 이제 칼을 듭니다. 어떤 칼이어도 좋아요. 큰 칼이든 작은 칼이든 사과를 깎는 칼이든 케이크를 자르는 칼이든 상관없어요.(저는 과도를 사용하는 것을 선호하는 편입니다.) 이제 자릅니다. 어떻게 잘라도 상관없지만 한 입 크기로 자르는 것을 추천합니다. 먼저 두부를 반으로 나눕니다. 90도 돌려서 다시 한번 반으로 나눕니다. 십자가 모양으로 잘린 정사각형은 정확히 네 개로 나뉘게 됩니다. 이걸 한 손으로 부드럽게 눌러주면서 적당히 썰어줍니다.(적당히. 그게 어느 정도냐면 중앙선을 중심으로 가로세로 두 번씩이면 적당해요. 그러면 조각이 열여섯 개가 되겠죠.)

다섯.

프라이팬에 기름을 두릅니다.(식용유도 좋지만 혹 참기름이나 들기름이 있으면 더 좋아요. 두부를 구울 때 냄새가 끝내주거든요.) 중불로 30초에서 1분 정도 달군 팬에 두부를 하나씩 올리세요. 자, 지금부터는 아무 생각 하지 말고 두부가 구워지는 일에만 집중하는 겁니다. 길고 단단한 나무젓가락으로 조심스럽게 두부를 앞으로 뒤로 뒤집어주세요. 색깔이 노릇노릇해지면 끝입니다. 바삭한 것을 좋아하면 오래 굽고 부드러운 걸 좋아하면 적게 구우면 됩니다.

마지막.

작은 종지를 준비합니다. 간장을 따르고 참기름을 조금 섞어줍니다. 기호에 맞게 고춧가루와 식초를 첨가해도 좋아요. 달콤한 걸 좋아한다면 설탕을 한 스푼 넣어도 좋겠습니다. 가장 중요한 단계입니다. 예쁜 접시에 잘 구운 두부를 가지런히 올리고 식탁에 앉아 잠시 두부와 간장을 바라봅니다. 그리고 이렇게 생각하는 겁니다.

'이걸 먹으면 나는 좋아질 거야. 이걸 먹는 동안 나는 괜찮아질 거야. 두부는 원래 그런 음식이니까. 열받은 사람의 열을 빼주고 죄 많은 사람의 죄를 용서해주고 슬픈 사람의 마음을 부드럽게, 따뜻하게 해주니까.'

그리고 처음에는 간장 없이 하나를 먹습니다. 겉은 바삭 속은 촉촉. 고소하고 부드러운 콩으로 만들어진 음식의 맛을 음미해보세요. 다음부터는 간장에 살짝 적셔서 한 번에 하나씩 입에 넣고 천천히, 꾸준하게 우물우물 씹으세요. 허공을 보면서 길게 숨을 내쉬세요. 으음, 하는 기분 좋은 효과음을 내주셔도 좋아요. 그렇게 당신의 이상한 밤은 평범한 밤으로 변해가고 있습니다.

어떤 사람은 묻겠죠. 두부를 먹으면 그렇게 되는 이유가 무엇인가요? 근거는 있나요? 이유. 있습니

139

다. 근거. 물론 있죠. 영화에서 출소한 사람들이 두부를 먹는 장면을 보신 적 있으시겠죠. 왜 그런 문화가 생겼는지는 모르지만 일제 강점기에도 비슷한 풍습이 있었고, 독립운동을 하다가 옥살이하신 분들도 출소할 때 두부를 먹었다고 합니다. 여기에는 여러 설들이 있습니다. 교도소에서는 충분한 영양 섭취를 못하기 때문에 빠른 영양 공급을 위해 영양분이 풍부한 두부를 먹게 되었다는 의견도 있고, 예전엔 징역을 살 때 콩밥을 주로 먹었는데 출소 이후에 다시는 콩으로 돌아올 수 없는 하얗게 변한 두부를 먹고 새사람이 되라는 뜻도 있다고 합니다. 그냥 단순하게 색깔 때문에 아무것도 그려지지 않은 하얀 도화지처럼 새롭게 시작하라는 의미도 있다고 하네요. 그것을 과학적으로, 의학적으로 밝혀낼 순 없지만 저 역시 두부의 이런 효능을 믿습니다. 두부에게는 사람을 맑게 하고 새롭게 하고 부드럽게 하고 몸과 마음에 힘을 주는 능력이 있다고 말이에요.

레이먼드 카버의 단편 「별것 아닌 것 같지만, 도움이 되는」을 소개해드리고 싶네요. 화목한 가정이 있었습니다. 부부는 사이가 좋았고 그들에겐 사랑스러운 여덟 살 아들이 있었죠. 부부는 곧 돌아올 아이의 생일에 맞춰 제과점에서 케이크를 주문합니다. 그런데 불행히도 아이는 생일날 차에 치이는 사고를 당하고 말아요. 아이는 큰 문제 없다는 듯 멀쩡히 집으로 돌아와 소파에 앉은 채 의식을 잃고 말죠. 평온한 삶에 갑작스럽게 들이닥친 불행. 부부는 제정신이 아닌 상태가 되어 병원 침대에 누운 아이가 깨어나기만을 하염없이 기다리고 또 기다립니다.

그때 전화 한 통이 걸려옵니다. 자신을 제과점 주인이라고 밝힌 한 남자가 생일 케이크를 왜 찾아가지 않느냐고 화를 낸 것이죠. 경황이 없던 부부는 자신들이 케이크를 주문했었다는 사실조차 까맣게 잊고 횡설수설하며 전화를 그냥 끊어버립니다. 제과점 주인은 부부가 자신에게 장난질을 한다는 생각에 머리끝까지 화가 납니다. 간절한 부부

141

의 바람에도 아이는 결국 숨을 거두고 맙니다. 나
중에 어떤 병이 있는지 뒤늦게 알게 되었고, 그 병
을 미리 알았더라면 아이가 죽음에 이르지 않았
을지도 모른다는 후회와 절망에 사로잡히게 되죠.
부부는 슬픔을 이기지 못한 채 서로의 어깨에 기
대 겨우겨우 집으로 돌아옵니다. 그런데 집으로 제
과점 주인의 전화가 또 걸려옵니다. 아이의 생일이
라고 케이크를 주문하더니 잊어버린 거냐는 낯선
남자의 말에 부부의 분노는 폭발하고 말죠. 둘은
이렇게 무례한 사람이 누구인지 확인하려 제과점
으로 돌진합니다.

   그렇게 서로에게 화가 난 부부와 제과점 주인은
만나게 됩니다. 제과점 주인은 부부가 아이를 잃었
다는 사실을 알게 되었고, 자신이 잘못했음을 깨
닫고 바로 사과를 합니다. 부부는 상실감과 슬픔
이 너무 커서 금방이라도 쓰러질 것 같았습니다.
제과점 주인은 부부를 의자에 앉히고 오븐에서 갓
구운 따뜻한 롤빵을 내놓습니다. 그리고 억지로라
도 먹으라고 재차 권유합니다. 부부는 빵을 먹기

시작했고 허기를 느껴 끊임없이 포크질을 합니다. 제과점 주인은 커피도 내놓습니다. 그는 계속 사과하면서 자신은 이른 시간에 일어나 늦은 밤까지 빵을 굽는 똑같은 일만 반복해왔다고 이야기합니다. 사람들이 먹는 것을 만드는 일. 때론 지겹고 고되지만 꽃을 파는 자가 아닌 빵을 파는 자인 것이 좋다고, 빵 냄새는 꽃 냄새보다 좋다고 말합니다. 부부는 롤빵을 세 개나 더 먹었고 제과점 주인과 더 많은 이야기를 나눕니다. 제과점 주인은 아이가 없었고 부부의 상심과 슬픔의 크기를 감히 짐작할 수도 없었지만, 정성스럽게 만든 따뜻한 빵을 대접하는 작은 마음은 부부에게 있어 별것 아니지만 도움이 되는 일이었습니다. 그 어떤 위로의 말보다 몸과 마음에 흡수되는 위로였던 것입니다.

좋은 일만 생기면 좋겠습니다. 아니, 좋은 일은 바라지도 않고 그저 나쁜 일만 생기지 않았으면 좋겠습니다. 그러나 삶은 이런 마음의 소원을 늘 배반한 채 우리를 어둠과 슬픔으로 가득한 이상한 밤으로 끌고 갑니다. 큰 사건도 힘들지만 작은 말 한마디 눈빛 하나에도 우리의 마음과 몸은 무너지거나 금이 갈 수가 있습니다. 할 수 있습니다. 이겨낼 수 있습니다. 더 강해져야 합니다. 다른 사람은 신경 쓰지 마세요. 세상의 주인은 나입니다. 그렇게 생각하며 힘을 내보려고 하지만, 많은 사람들은 평범하고 소심하고 대단하지 않은 작은 삶을 살고 있어요. 밀면 밀리고 흔들면 흔들리는 대단하지 않은 사람들이죠.

그럴 때마다 그 순간을 이겨내는 특별한 방법을 찾으려고 해서는 안 됩니다. 불굴의 의지를 지닌 위인들의 말을 노트에 옮겨 적고 끊임없이 동기를 유발하는 유튜버들의 외침을 가슴에 새기고 또 새겨도, 그것들이 우리의 어려움을 해결할 특별한 방법을 알려주지 못하다는 건 누구보다 나 자신이 잘 알고 있습니다. 때론 나 자신에게 나를 맡겨야 할 때도 있어요. 내가 갖고 있는 것. 내가 알고 있는 것. 내가 할 수 있는 것. 이것들로 이겨내고 회복해야 할 때도 있습니다. 그것은 별것 아닌 것 같

144

지만 언제나 나에게 가장 도움이 되는 것들입니다. 지나온 날들을 떠올려보세요. 지금은 기억도 잘 나지 않겠지만 나는 엄청나게 많은 어려움을 이겨 내고 여기까지 왔어요. 그때는 끝나지 않을 거라고 생각했던 일들. 낫지 않을 거라고 믿었던 마음과 몸의 상처들. 회복할 수 없을 것 같던 관계들과 미운 사람들, 부러운 사람들. 마음을 어지럽히던 크고 작은 감정들. 그때마다 어떻게 했나요? 해결책을 찾고 대단한 사람들의 대단한 도움을 받았나요? 그렇지 않을 겁니다. 어떻게 해결됐는지도 모른 채 그것들은 몇 번의 밤과 몇 번의 계절 속으로 햇빛에 눈이 녹아 사라지듯 없어졌을 거예요. 그동안 나는 불면을 겪었지만 잠들었고, 입맛이 없었지만 먹었고, 아무것도 눈에 들어오지 않았지만 공부를 하고 해야 할 일을 하나씩 하나씩 해나갔습니다. 이번에 겪는 문제들도 앞으로 겪게 될 문제들도 다른 누구가 아닌 나 자신이 잘 해결해줄 겁니다. 그 순간에는 내게 답이 없는 것 같지만 생각보다 나는 방법을 알고 있어요. 생각보다 나는 강하고 생각보다 나는 나를 잘 달랠 수 있습니다.

　빵을 만들어 먹이는 제과점 주인의 마음처럼 내가 나를 정성스럽게 먹일 수 있습니다. 실제로 빵을 만들어 먹는다면 더 좋겠지만 아무래도 그것은 특별한 기술과 도구가 필요할 테니 가장 간단하고 누구나 할 수 있는 두부를 구워보세요. 담백하고 고소한 두부를 스스로에게 대접해보세요. 별것 아니지만 도움이 될 겁니다. 한 개 두 개 먹는 동안 스스로도 설명할 수 없는 은은한 변화가 생길 거예요.

　밤에게는 내일이. 기운 없는 몸엔 힘이. 슬픈 마음엔 새로움이.

미래 생각

'사랑'이다. 그 단어를 사용하지 않기 위해 노력했다. 너무 단순하고 순수하게 느껴지지 않는가. 좋아하는 것을 말할 때 누구나 쉽게 갖다 쓰는 뻔하고 빤한 표현 같지 않은가. 어딘지 애 같고 노인 같은, 그저 낭만 타령이나 하는 감상주의자처럼 느껴지지 않나. 문학은 종이다. 텅 빈 허공이다. 아무도 없는 놀이터다. 소설이다. 소설이 아니다. 우주다. 바다다. 바보다. 아무것도 아니다. 쓰러져가는 집이다. 불가능한 것들의 가능성이다. 가능한 것들의 불가능한…… 등등. 별말을 다 해봤는데 아니다. 어딘지 조금씩 빗나가고 엇나간다. 정확하지 않고 내 마음을 제대로 표현하지도 못한다. 다시 제자리로 돌아와 말한다. 그것은 사랑이다.

짝사랑이었다. 연애다. 앞으로는 수식 없이 비유없이 그저 함께 사는 상태를 원한다. 그러나 미래가 진짜 현재가 될 때 내가 여전히 문학을 사랑이라 말하는 사람일지는 모르겠다. 그래서 두렵고 그래서 울적한.

과거. 살면서 가장 안전하고 완전했던, 풍요롭지 않았으나 가난하지도 않던, 만족감에 어떤 삶도 탐내지 않던, 비교도 차이도 느낄 수 없던, 때문에 미워하는 자도 부러운 자도 없던 그 시절. 그야말로 나는 행복한 사람이었다. 그것은 대면이 없는 사랑. 피드백을 요구치 않는 사랑. 대가도 바라지 않고 계산도 하지 않는 순수한 사랑이었다. 응답이라니, 살면서 이런 걸 겪게 해준 것만으로도 그저 고맙고 감사한데, 됐다. 그런 거 하나도 필요 없다. 그런데 궁금하다. 그것을 사랑이라 불러도 되는 걸까? 비정상적인 홀림. 자의적 세계 안에서의 극도로 기울어진 자기만족. 덕질이나 팬질 같은 것은 아닐까? 그러거나 말거나 그 시절의 나는 충만했다.

지금은 연애하고 있다. 마음을 주면 그것도 마음을 준다. 내가 노력하면 그것도 노력한다. 말하면 대답하고 편지를 쓰면 답장이 온다. 만날 수 있고 함께 시간을 보낼 수 있고 대화를 나눌 수 있다. 논의도 할 수 있고 논쟁도 할 수 있고 쉬고 놀며 여행도 떠날 수 있다. 세월이 흘렀다. 그만큼 알게 된 것도 많다. 그런데 이상하지. 늘 부족함을 느낀다. 늘 서운하고 늘 불안하며 시시때때로 울적하다. 알면 알수록 모르겠고 안다고 생각했던 것도 확신이 사라진다. 내가 원하는 만큼 만날 수 있지만, 단 한 번도 그것이 먼저 만나자고 한 적은 없었던 것 같다. 나를 원했던 적은 있나. 나만 좋아하는 건 아닐까? 이런 생각이 파도처럼 밀려들면 나는 희미하게 후회하고야 만다. 왜 나는 그것을 만나 사랑에 빠져 기어이 연애를 하고 말았을까. 어

쩌면 그것은 이별을 말하려는 연인처럼 내 앞에
서 있는지도 모른다. 말 한마디, 결심 한 번에, 바로
등 돌리고 나를 떠날 매정한 사람처럼. 그래서 지
금 나는 자존감이 떨어진 상태. 약간은 구걸하고
애원하는 상태. 화를 내고 싶은 상태. 그럼에도 불
구하고 또 만나자는 약속을 하고 그날을 기다리며
사는 상태. 지금의 나는 감당할 수 없을 정도로 꽉
차 있다가 순식간에 빠져나가 텅 비어버리는 마음
으로 한 계절씩 사는 것 같다. 의심과 실망을 반복
하는 병든 사랑기계가 된 것만 같다. 아, 이렇게 사
는 거 힘들다. 아! 그래도 이렇게 사는 게 최고지.
하루에도 수십 번씩 왔다 갔다 하는 말릴 수 없는
변덕쟁이다.

　미래는, 어쩌면 어느 정도는 현재인 다가오는 지
금은, 그것이 읽고 쓰면 만나게 되는 삶의 일부이
길 바란다. 그때의 난 더는 문학이 내게 무엇인지
고민하지 않게 된다. 그때는 감정의 소모 없이 그
것을 만나게 된다. 비교와 차이도 느끼지 않고, 뜨

거움과 차가움도 모르고, 밤과 낮이 바뀌는 변덕
도 없는, 그저 읽고 쓰기만을 반복하는 단순한 사
람이 된다. 이게 무슨 의미인지, 이게 어떤 가치가
있는지, 더는 묻지도 멋들어진 대답도 않는, 바보
가 된다. 딱히 할 말이 없어 말수가 점점 줄어들어
나중엔 정말 말할 필요가 없는 사람이 된다. 오늘
읽은 것과 오늘 쓴 것으로만 겨우 몇 마디 말할 수
있는 심심한 사람이 된다. 그게 다예요?라고 물으
면 그게 다예요, 라고 답하는 사람이 된다. 내 글
을 좋아해주는 사람에게 부치지 않을 편지를 쓰는
마음으로 용기 내어 다시 글을 쓰는 사람이 나다.
좋은 글을 읽으면 한동안 그 글을 쓴 사람을 무턱
대고 좋아하는 사람이 나다. 싫어지면 관두고 좋
아지면 시작하는 사람이 나다.

　그때의 나는 문학이 무엇이냐는 지난한 담론에
서 벗어나 혹은 배제되어 조금은 문학적이지 않은
사람이 되어 있다. 리얼리즘과 모더니즘이란 단어
를 잊고, 어려운 이름을 가진 철학자들의 이름과
소설의 3요소를 잊고, 소설의 정의와 시의 정의를

잊고, 그동안 배웠던 혹은 잘난 체하며 떠들어댔던 문학사와 알쏭달쏭 이론을 잊고, 증명하고 이겨먹으려는 성정은 다 잃어버린 사람이 된다. 지금의 내 언어로만 말하는 사람으로, 썼던 것은 잘 잊어버리고 쓸 것에 대해서는 한없이 수다스러워지는 사람으로, 산다.

미래의 나는 무엇을 쓰고 있을까? 모르겠다. 소설일까? 그것이 소설이길 바라는 마음은 현재의 마음이다. 딱 그 정도의 욕심과 욕망으로만 상상하고 예상하는 삶을 살고 싶다. 그러나 그 예상과 상상이 맞는지 틀리는지 확인하려는 욕심과 욕망은 없는 어딘지 무심한 사람이 되고 싶다. 이를테면 사물 같은. 오래 만져 부드러워진 가죽 필통이나 뚜껑을 열어보지 못한 까만 잉크병이나 끝까지 쓸 수 없는 두꺼운 노트 같은 것이 되고 싶다.

그러니까 지금의 나는 미래의 나를 향해 부탁하는 마음으로 쓴다. 주문을 외는 심정으로 쓴다. 주술적인 믿음으로 쓴다. 그리하여 미래의 나는 이것

또한 사랑의 한 방식이었다고 고백하는, 믿는, 그리
고 실제로 그렇게 느끼며 사는 사람이다.

세 번의 언덕

『셜록 홈스』는 유명한 작품이다. 지금은 동명의 영화와 드라마로 전보다 더 유명해진 것 같다. 셜록 홈스 하면 떠오르는 이미지는 무엇일까? 드라마 방영 이전에는 홈스의 시그니처라고 할 수 있는 모자와 담배, 그리고 아무리 복잡하고 미스터리한 사건도 비상한 두뇌와 직관으로 해결하는 천재적인 탐정 캐릭터가 떠올랐을 것이다. 하지만 지금은 셜록 홈스를 연기한 배우 베네딕트 컴버배치의 얼굴이 떠오르거나 뇌리에 박혀 있을 것이다.

최근에 만난 한 고등학생은 자신은 미드를 좋아한다면서 〈셜록〉(미드가 아니라 영드야, 라고 말해주고 싶었지만 말하진 않았다)이 가장 재밌다고 했다. 나 역시 좋아하는 작품이라 한참 대화하다가 작가가 누구인지 쪽으로 화제가 옮겨갔는데, 그 학생은 작가를 몰랐고 〈셜록〉이란 이름이 원래는 소설의 것이었다는 사실도 모르고 있었다. 반드시 알 필요는 없지만 이름 정도는 알고 있으라고 작가를 알려줬더니 코난은 안다고 했다. 일본 애니메이션이 좋다고.

코난 도일은 원래 안과 의사였다. 푼돈이라도 벌어볼까? 싶은 마음에 소설을 썼는데 대박이 났고, 나중에는 밀려드는 청탁과 넘치는 독자들의 관심으로 본업을 중단하고 전업 작가가 되었다. 홈스의 파트너로 나오는 의사 왓슨은 코난 도일의 페르소나라고 생각하면 좋겠다.(하지만 코난 도일 자신은 병원 경영을 잘하지 못했는데 왓슨은 잘나가는 의사로 묘사하고 있다.) 코난 도일은 『셜록 홈스』 말고도 많은 소설과 시를 썼는데 아무도 모른다. 당시에도 반응이 신통치 않았다. 코난 도일은 자신에게 부와 명성을 안겨준 『셜록 홈스』 시리즈에 점차 환멸을 느낀다. 자신이 창조한 소설 속 인물이 작가보다 우위에 있는 듯한 기분을 느끼게 된 것이다. 작가가 인물을 위해 존재하는 것처럼 느껴진 코난 도일은 『셜록 홈스』를 그만 쓰기로 결심했고, 폭포에서 벌인 숙적 모리어티와의 결투에서 셜록 홈스가 죽는 것으로 소설을 끝내버린다.

하지만 독자는 받아들일 수 없었다. 셜록 홈스의 죽음은 마치 살아 있는 유명인의 죽음처럼 인식됐다. 영국은 슬픔에 잠겼고, 검은색 상복을 입고 애도하는 이들이 거리에 나타났다. 독자들은 항의하며 연재 지면이었던 《스트랜드》의 구독을 취소했다. 코난 도일의 집에 찾아와 셜록 홈스를 살려달라고 애원하는 이들도 생겼고, 셜록 홈스가 활약하는 소설을 더 쓰라고 작가를 협박하기도 했다. 심지어 왕세자까지 작가의 선택을 찬성하지 않는다는 뜻을 밝혔다. 코난 도일은 너무 힘든 나머지 어머니에게 자신의 괴로운 심경을 담은 편지를 보냈는데, 어머니는 아들의 편을 들지 않고 다음과 같은 답장을 보냈다.

"아들아, 네 마음 잘 알겠다. 그런데 셜록은 왜 죽였니?"

결국 코난 도일은 셜록 홈스를 되살려냈고『셜록 홈스』시리즈를 이어나갔다.

소설은 누가 쓰는가? 당연히 작가다. 그렇다면 소설은 작가의 것인가? 맞다. 작가의 것이다. 하지만 소설이 독자에게 읽혔다면? 얘기가 달라진다. 소설을 읽은 독자는 소설의 일부를 나눠 갖게 된다. 독자는 소설에 개입하게 되고 사적인 감정을 갖고서 장면과 전개에 민감하게 반응한다. 환호하면서도 실망하고, 읽어가는 동안 이야기에 영향을 주는 의견을 제시하기도 한다. 작가의 입장에선 황당한 말일 것이다. 내가 썼고, 내 의도대로 썼고, 앞으로도 그럴 건데 독자가 소설에 왈가왈부하는 것이 이상하고 마음에 들지 않을 것이다. 누가 읽으

라고 했나? 읽기 싫으면 안 보면 되잖아. 그런데 가
만히 생각해보자. 정말로 독자를 염두에 두지 않
았다면, 정말로 독자가 작가에게 아무 상관이 없다
면, 그냥 혼자 쓰고 혼자 읽으면 된다. 일기장에 쓰
고 몰래 읽으면 될 일이다. 하지만 작가는 어떤 형
식에 따라 소설이라는 장르로 누구나 읽을 수 있
도록 글을 써서 발표했다. 읽으라고 써놓고 혹은
읽어달라고 써놓고, 독자의 반응이 작가의 예상대
로 흘러가지 않으면 소설에 상관하지 마, 나는 독
자가 읽으라고 소설을 쓴 게 아니야, 라고 반응하
는 건 자존감 높은 작가의 캐릭터가 느껴지나 다
소 억지스러워 보인다.

　『셜록 홈스』를 읽은 독자가 있는 한 이 소설은
코난 도일의 소유가 아니었다. 독자는 끊임없이 원
하고 때론 원망하고 하염없이 기다린다. 작가는 마
음대로 쓸 수 없고 그만 쓸 수도 없었다. 물론 모든
작가가 코난 도일처럼 독자들의 적극적인 피드백
을 받는 건 아니다. 대부분의 작가들은 독자들의
의견이 당도하기 전 소설을 끝낸다. 독자가 소설을

읽을 때는 작가조차 소설에 개입할 수 없다. 완성되었고 완료되었기 때문이다. 작가에게 소설을 읽은 독후감을 전할 수 없다. 작가는 죽었거나 숨어 있거나 말이 통하지 않는 외국인이다.

작가와 독자가 활발하게 피드백을 주고받는 소설의 장도 있다. 웹에서 연재되고 있는 소설이다. 웹소설을 쓰려는 작가는 독자라는 양날의 검을 손에 쥐고 있다. 독자가 자신의 작품에 열광하고 계속 구독해주면 작가는 보람을 느끼고 힘이 날 것이다. 하지만 반대로 부정적인 피드백을 받는다면 나름대로 구상하고 고민한 계획이 있더라도 소설을 계속 써나갈 동력과 의욕을 잃을 확률이 높다. 또한 소설의 전개와 내용에 독자들이 실시간으로 반응을 보이고 의견을 내기 때문에 작가가 계획한 설정대로 묵묵히 끝까지 써나가기엔 부담이 될 것이다. 물론 독자의 의견이 작가에게 나쁘게 작용하는 것만은 아니다. 작가가 미처 생각하지 못한 부분들을 독자가 알려주고 이야기의 오류와 전개에

불필요한 군더더기를 발견해준다. 또한 거리두기
가 쉽지 않아 자신의 작품을 객관적으로 보기 어
려운 작가의 시야를 넓혀줄 수도 있다. 실제로 드
라마나 웹소설에서는 독자의 반응에 따라 작가가
이야기를 수정한다. 의도와는 다르게 어떤 캐릭터
의 비중을 늘릴 수도 있고 에피소드의 길이를 조
절하거나 삭제하는 경우도 있다.

　그러나 매 장면마다 이루어지는 피드백이 좋게
작용하건 나쁘게 작용하건 글을 써가는 동안 무시
할 수 없는 의견을 듣는다는 것은 작가에게 부담
이 된다. 긴 분량의 이야기를 하루이틀에 써낼 수
는 없다. 때문에 작가는 이야기를 이야기답게 완
성할 수 있도록 시간을 관리하고 환경을 통제해야
한다. 계획한 소설을 계획한 대로 써나갈 수 있도
록 의지를 새롭게 해야 하고, 분주한 삶의 일상다
반사에서 소설의 우선순위가 떨어지지 않도록 노
력해야 한다. 사람의 몸과 마음은 변덕이 심하고
업다운이 있다. 무엇인가를 오랫동안 준비하고 지
속해야 하는 사람은 이런 기질과 변수를 다스릴

대책이 필요하다. 시험을 준비하는 학생이든, 구체적인 목표와 목적을 갖고 운동하는 직장인이든, 원하는 바를 이루기 위해서는 돌발적인 상황과 환경에 휘둘리지 않는 반복과 루틴이 필요하다.

독자의 피드백은 작가의 등을 떠밀어주는 바람이기도 하지만 작가의 발목을 물고 땅에 주저앉히는 덫일 수도 있다. 실제로 매일, 매주, 독자들에게 피드백을 받는 웹툰이나 웹소설 작가들은 글쓰기의 어려움과 부담을 호소한다. 백 개의 칭찬과 격려는 잠시 기쁨을 주고 바람처럼 흘러가도, 한 개의 충고와 실망 섞인 핀잔은 우물에 떨어진 돌멩이처럼 마음 깊숙한 곳으로 들어가 사라지지 않는다. 잘 흘러가던 흐름이 깨진다. 계획이 흔들리고 자신감이 떨어진다. 심지어 스스로의 판단과 능력을 의심하기에 이른다. 약해진 작가는 이러지도 저러지도 못하고 망설이다가 무리한 전개를 시도하거나 최초의 설정을 배반하는 장면으로 이야기 전체를 위험에 빠트린다. 어긋난 인과가 이야기를 뻑뻑하게 만들고 회수하지 못한 복선은 저주처럼 독자의 피드백을 통해 작가의 귓가에 맴돈다.

   소설을 쓸 때 작가는 세 번의 언덕을 넘어야 한다. 첫째는 시작할 때다. 이 언덕이 가장 가파르다. 허공 같은 빈 페이지에 첫 문장을 놓고 소설을 시작하는 것은 단순히 이야기의 시작, 출발선에서의 출발, 같은 것이 아니다. 소설의 시작은 모호하고 막연하게 작가의 마음에 맴돌던 이미지와 장면들이 실제로 살아나 존재하게 되는 중요한 사건과 같다. 시작이 반이다, 라는 널리 알려진 격언은 소설의 세계에서는 맞는 말이다. 둘째는 글쓰기를 지속하고 유지하는 언덕이다. 언뜻 언덕처럼 보이지 않을 정도로 완만한 곡선이어서 어렵지 않게 느껴진다. 하지만 가장 길고 지루하며 체력과 지구력이 없다면 막막함에 발걸음을 멈출 수도 있다. 마지막 언덕은 엔딩인데 이 언덕은 넘기는 쉽지만 제대로, 잘, 성공적으로 넘기는 어렵다. 이 언덕은 작가가 마음대로 높이와 경사도를 조절할 수 있기 때문에 온갖 나약한 마음과 싸워야 한다. 충분히 뜸 들이지 않고 뚜껑을 열고 싶어 하는 초조함과도 싸워야 한다. 아침이 오기 전 새벽이 가장 어둡다는 말처럼 이때가 가장 힘들고 어려울 때다. 지금까지의 노력을 망쳐버릴 수도 있다. 긴 시간 고민하고 고민했던 설정을 수정하거나 포기할 수도 있다. 독자들은 두 번째 세 번째 언덕을 오르는 작가의 손을 잡고 있다. 이끌어주기도 하지만 붙잡고 놓아주지 않을 수도 있다.

그러면 어떻게 해야 하는가. 정답은 쉽다.

독자의 의견을 '잘' 수용하는 동시에 작가의 의도와 마음도 '잘' 지켜야 한다.

말이 쉽지 그렇게 행동하는 것은 쉽지 않다. 하는 것도 어려운데 '잘' 하는 것은 더 어렵다. 작가는 서사나 구성, 의도 같은 여러 요소들을 잘 정리하고 모아서 기어이 하나의 소설로 써내야 한다. 어려운 일이다. 또한 다양하고 개성적인 소설이라는 장르와 형식에 대한 이해도 필요하다. 역시 어려운 일이다. 소설을 구상하는 것. 좋다. 소설을 쓰기 위해 시간을 내고 공간을 마련하는 것. 그것도 좋다.

계속 아이디어를 짜내고 상상의 나래를 펼치는 것. 그것 역시 좋다. 그러나 무엇보다 중요한 건 마음이다. 써나가는 동안 독자의 존재감은 작가의 마음을 끊임없이 들었다가 놓는다. 마치 누군가 뒤에서 글을 쓰는 내 뒷모습과 노트북 화면을 지켜보고 있는 것 같다. 마음을 지키지 않으면 어떻게 되냐고? 경험했겠지만 아무것도 쓸 수 없다. 아니, 아무것도 쓰고 싶지 않을 것이다. 그러니 마음을 지키라.

한여름 이 생각
저 생각—
읽기와 쓰기에 관한
열 개의 메모

1.

　필립 로스의 산문집 『사실들』의 한 챕터를 읽었다. 한 문단, 정말 딱 한 문단을 읽었을 뿐인데 작가가 뿜는 말의 기운에 휘감겨지는 걸 느꼈다. '지금의 내게 딱 필요한 책이다'라는 느낌이 들었다. 아직 읽지도 않은 페이지를 만지작거리며 앞으로 내가 무엇을 읽고 무엇을 느끼게 될지, 무엇을 생각하고 또 밑줄을 긋게 될지 어쩐지 알 것만 같은 기분이었다. '글을 쓰는 삶에 지쳤다. 쓰느라 탈진했다.' 이런 기분과 감정조차 문장으로 써내는 필립 로스의 진솔함이 부럽고 멋졌다. 음성이 아닌 단어와 문장으로 말을 뱉어내고 나는 그것을 경청하고 있다. 바보처럼. 멍청이처럼. 그리고 나는 생각한다. 멋있는 건 그런 것이다. 잘해나가는 것이 아니라 나아가는 것. 진창에 빠져도, 뒷모습이 엉망이 되어도, 신발이 진흙과 오물로 뒤범벅돼도 그래도 앞으로 앞으로 나아가는 것. 혹자들이 볼 때 발악하는 것처럼 보여도, 안 되는 일을 못하는 일을 발버둥 치며 애쓰는 것처럼 보여도. 어쨌든 계속하는 것.

2.

정영문 작가를 인터뷰하는 자리에 있었다. 나는 대각선에 앉아 그가 말하는 것을 멍하니 바라봤다. 어쩜 말도 저렇게 문장처럼 말하는 걸까. 그리고 그의 책을 펼쳐 몇 문장 읽었는데 어쩜 글을 저렇게 말하듯이 쓰는 걸까. 오랜만에 『검은 이야기

사슬』을 읽었다. 『검은 이야기 사슬』에 대해 말하는 그의 음성을 들으며 그가 쓴 문장을 눈으로 읽었다. 기분이 참 묘했다. 한 문단, 어쩌면 한두 페이지만 읽었을 뿐인데 문장과 문장을 잇는 희미하고 느슨한 줄이 보였다. 거미줄 같은, 줄인 줄 알았는데 만지면 허망하게 끊어지고 마는, 그러나 촘촘하게 엮인 단어들과 단어들. 좋았다. 작가의 뉘앙스가 문장 전체를 뒤덮고 있었다. 이런 걸 쓰고 싶다, 는 생각을 했다. 다른 무엇이 아닌 이런 것을 쓰고 싶다, 까지는 아니지만 이런 걸 쓰고 싶다. 그는 기린처럼 길게 나타나 고요하게 머물다가 기린처럼 길게 사라졌다. 아, 기린은 평생 그 어떤 소리도 내지 않는다고 한다.(모든 개체가 그런 것은 아니지만 대부분.)

3.

글이 너무 안 써지는 여름밤. 강성은의 『Lo-fi』를 읽었다. 한참 읽다가 문득 이런 생각을 했다. 시

인은 왜 제목을 로파이로 정했을까? 들리지 않는
소리, 소리를 초월한 소리, 빛보다 빠른 소리, 물결
보다 부드러운 소리, 동굴 속을 휘도는 돌개바람,
둥글게 둥글게 둥글게 퍼져나가는 동그라미 동그
라미 동그라미, 그렇게 끝내 사라져 평평한 하늘
이 되어버리는 소리, 들을 수 있는 자만 들을 수 있
는 소리, 귀 있는 자만 들을 수 있는 소리, 귀로 들
을 수 없는 소리, 투명한 얼음 같은 입술과 물처럼
부드러운 혀로 만들어낸 소리, 초음, 초음파, 로,
로오, 로우, 로파이, 나쁜 소리, 노이즈, 사라져야
할 소리, 제거되어야 할, 고장 난, 슬픔의, 새벽 4시
35분 같은, 죽어가는, 혹은 막 죽은, 죽은 것을 아
직도 모르고 있는, 그르렁거리는, 화가 난, 수치와
수모, 울분과 억울함, 모든 것들이 가라앉고 햇빛
에 달구어진 돌멩이 하나가 물속에 들어가는 소
리. 치익. 치익. 무슨 소리지? 들어보려면 사라지고
없는 침묵의 소리. 문장 하나를 줍고 문장 하나를
마음에 품고 문장 하나를 만지작거리다가 호주머
니에 집어넣었다. 무심히 내 것으로 삼고 싶은 탐

나는 반짝이는 투명한 보석. 들키면 안 돼. 도둑질하는 아이의 의연함을 닮아야 해. 그냥 훔쳤다고 나도 믿고 너도 믿도록……. 나는 문장 하나를 가볍게 내 것으로 삼는다. 결국 내 글은 한 줄도 쓰지 못하고 침대에 누웠는데 어째서인지 조금 눈물이 났다. 이 슬픔의 짧은 시를, 일기와 편지와 동화와 혼잣말과 중얼거림을 듣는 게 미안했다. 아무 냄새도 없는 투명한 입김 같은 이 통증을 아름답다, 라고 말하고 느끼는 게 너무나 미안하고 죄스러웠다. 그러나 아름다웠다. 잠들기 직전 〈암모니아 애버뉴Ammonia Avenue〉를 검색했다. 아, 알란 파슨스 프로젝트! 시인이 이 노래를 들으며 다시는 돌아올 수 없는 곳으로 간 아이를 생각했다는 것이 슬프게 느껴진다. 오랜만에 〈타임Time〉과 〈아이 인 더 스카이Eye in the Sky〉를 들었다. 그 밤엔 꿈을 꿨는데 꿈속에서 난 이렇게 말하고 있었다. 아직도 난 읽고 쓰는 사람이라는 것이 좋다. 이 세계가 좁아지고 얇아지고 마침내 투명해지더라도 기쁠 것 같다. 그 안에 사는 동식물들이 작고 작아져 색채

도 부피도 무게도 개성까지 잃고 마침내 뼈만 남
은 까만 막대기 같은 글자 하나로 남더라도 나는
그 행간에 놓여 있는 내 운명이 좋다. 누군가 읽어
줄 문맥 속에 숨어 있는 내 운명이 좋다. 누군가는
소리 내 읽어줄 문장 속에 있다는 것이 좋다. 때론
그저 문장이 되었다는 것이 좋다.

4.

문득 깨달았다. 글을 쓰기 위해 깨어 있는 게 아
니야. 깨어 있기 위해 글을 쓰고 있었던 거지. 그러
니까 충분히 깨어 있었다면 글을 쓰지 않아도(못
해도) 상관없다는 말이야. 단지 깨어 있고 싶어서
글도 쓰고 책도 읽고 음악도 바꾸고 각종 영상도
보고 때론 우두커니 창 앞에서 커피도 마시고 맥
주도 마시는 거겠지. 뭔갈 떠올렸다가. 뭔갈 기다렸
다가. 그럴 땐 느닷없이 가슴과 목 사이 언저리가
뜨거워진다. 기억이 열리는 감각이 있는 걸까? 소
리가 재생되는 감각이 있는 걸까? 모르겠지만 아

무튼 그런 것들을 모두 몸과 마음에 품고 어슬렁 거리는 이유가 그냥 깨어 있고 싶어서였다면 몸도 마음도 자유로워진다. 그러니까 아, 아무것도 못했 구나. 점점 망해가고 있구나. 라고 자책하지 말아 야 한다. 괜히 대단한 새벽을 보낼 수 있었을지도 모른다는 착각도 그만해야 한다. 떠올리면 기분 좋 아지는 생각을 몇 개 하기로 한다. 루피가 사형대 에 묶여 있는 에이스를 향해 달려가고 있다. 오공 이 폭발하는 마인부우의 배에 한 손을 대고, 다른 한 손으로는 친구들에게 작별 인사를 하고 있다. 정대만이 교장 선생님을 껴안고 엉엉 울고 있다.(농 구가 하고 싶어요.) 5시. 새가 지저귄다. 천재들은 오 늘 밤 멋진 글을 썼겠지?

5.

페소아에 관한 글을 읽었는데 좋았다. 그의 태 도와 그의 문장. 수많은 이명으로 썼던 수많은 글 들. 그러나 수많은 페소아들은 하나의 페소아로 읽

히고 말았다. 숨길 수 없는 뉘앙스와 사운드 속에
서 혼자 숨바꼭질을 하고 있는 것이 귀엽고 사랑스
러웠다. 제 눈을 가리면 세상이 몽땅 사라진다고
믿는 골방의 심약한 작가여. 세상이 이렇게 당신을
사랑하게 될 줄 알고 있었나?

6.

곽진언이 부르는 조동진의 〈겨울비〉를 들었다.
너무 좋았고 일주일 동안 계속 곽진언 버전 조동
진 버전 번갈아가며 〈겨울비〉를 들었다. 단순하고
담백한 멜로디의 아름다움에, 그 즉각적이고 간결
한 설득에 넘어가고 말았다. 그동안은 멜로디보다
는 사운드라고 생각했는데 어떤 멜로디는 사운드
를 압도한다는 것을, 아니 사운드의 도움이 필요하
지 않다는 것을 깨달았다. 한 음. 두 음. 어쩌면, 단
한 소절로 충분한 멜로디. 나도 그런 멜로디를 만
들고 싶었다. 노력하는 멜로디 말고, 뒤범벅된 멜로
디 말고, 그저 깔끔한 오선지 위에 몇 개의 점으로

만 설득할 수 있는 그런 멜로디를 만들어보고 또 불러보고 싶었다. 하지만 내 성대는 바보 멍청이. 원, 투, 쓰리, 포, 어떤 리듬이 필요하다. 일정한 음정이 필요하고 근사한 가사도 필요하다. 무엇보다 일단 나는 노래해야 한다. 목소리가 없어도. 감정이 없어도. 대상이 없고 매혹이 없어도. 어쨌든. 원, 투, 쓰리, 앤, 포.

7.

카페에 있다. 뭔가를 해보려고 뭔가 할 수 있을 거라 믿고 생각하고 또 다짐하고 카페에 있다. 늦저녁부터 지금까지 계속 앉아 있었는데 아무 소득이 없다. 아무 소득이 없다, 라고 이렇게 글로 쓰는 것 외엔 아무것도 한 것도 할 수 있는 것도 없다. 카페에 사람들이 많다. 그들을 유심히 지켜보는데 어쩐지 화가 나고 부끄럽다. 뭐랄까, 그들은 너무 열심히 한다. 정말 해도 해도 너무 열심히 한다. 뭘 그렇게까지, 라고 묻고 따지고 싶을 정도다. 몰두하

고 애쓰고 힘쓰며 계속 손을 움직인다. 나는 그들
의 열심을 관찰하다 약간 울적해지고 말았다. 약
간 울적, 이라고 하기엔 좀 약하다. 그러나 그 이상
정확하게 표현하기가 두렵다.

8.

집으로 오는 길에 엄청 좋은 생각이 떠올랐다.
심지어 그 생각은 친절하게도 문장으로 번역되어
명확하게 떠올랐는데 지금 이 순간 생각나는 것이
라곤 그것이 좋은 생각 혹은 문장이었다는 것뿐이
다. 그때 무슨 수를 써서라도 메모해야 했는데 하
는 후회가 든다. 후회는 그럴 때 하는 것이다. 한 일
을 후회하는 것이 아니고 했어야 할 일을 하지 않
은 것. 탄생한 모든 텍스트는 누군가에게 읽히고
싶어 한다. 그것이 일기라 할지라도, 비밀이라도,
부칠 수 없는 편지라도, 노트에 뜻 없이 적힌 무의
미한 기호일지라도. 발견하는 일. 발견되는 일. 읽
기와 쓰기가 우리에게 주는 모든 것.

9.

딱히 할 일이 없는 오늘. 반드시 해야 할 일도 없는 오늘. 하고 싶은 일도 없는 오늘. 즐거운 마음이 생기지 않는 오늘. 뜨거운 여름이 뜨거운 가을이 되고 뜨거운 겨울이 될 것 같은 불길한 예감이 드는 오늘. 그림자가 무성하게 서 있는 마른 숲으로 걸어가 깊게 웅덩이를 판 뒤 긴 잠을 자고 싶다. 왜 인간은 동면할 수 없는 동물일까? 왜 인간은 하루에 한 번씩은 꼭 일어나는 동물일까? 깊고 깊은 숲 우람한 나무 그늘 아래 유충처럼 단정한 자세로 땅속에 묻혀 오래도록 동면하는 인간들이 많아지면 얼마나 좋을까? 어쨌든 살아야 하고 살려면 노력해야 하는 오늘과 또 다른 오늘이 피곤하고 힘들다. 친구가 죽으면 3년 자고, 연인과 이별하면 세 계절 자고, 화가 나면 한 달 자고, 병에 걸리면 일주일 자는 것이 삶이라면 얼마나 좋을까?

10.

좋아하는 작가가 여름에 발표한 소설을 읽었다. 좋았다. 문장을 읽다 말고 잠깐 눈을 감고 멍하게 있었다. 분주한 마음이 가라앉고 다시 읽었다. 눈으로 쭉 읽어나가다가 연필을 들어 밑줄을 그었다. 어떤 단어는 손끝에 만져졌다. 어떤 문장은 온도가 느껴졌다. 어떤 장면에선 마음이 아팠고 어떤 대화에선 마음이 환해졌다. 소설은 작가의 일기가 아닌데 나는 그 작가의 소설이 일기였으면 한다. 그래서 읽으면 읽을수록 작가를 사적으로 많이 알게 되고 가까워졌으면 좋겠다. 그런 착각이라도, 그런 허상이라도, 좋다. 당신이 글을 많이 많이 썼으면 좋겠다. 가을에도 겨울에도 계속 썼으면 좋겠다. 그럼 내가 반드시 읽을 것이다.

기이한 전개
해피한 엔딩

오래전 「떠떠떠, 떠」라는 제목의 단편소설을 발표했다. 초등학교 동창이었던 남자와 여자가 성인이 된 후 놀이공원에서 재회하는 것으로 소설은 시작된다. 남자는 말을 더듬고 여자는 간질을 앓는다. 둘은 동물인형 탈을 쓰고 사람들과 악수를 하고 춤을 춘다. 처음부터 끝까지 한마디도 하지 않아도 가능한 일. 발작을 일으켜 바닥에 쓰러져 꿈틀거려도 그저 귀여운 퍼포먼스로 보이는 일. 둘은 서로의 어려움을 알고 있어도 해결해줄 수 없다.

그저 아는 것뿐. 위로도 치유도 할 수 없는 어떤 무력과 체념. 소설을 쓰는 내내 나는 소설로부터(소설은 나로부터) 그 같은 어두운 기운을 느끼고 있었다. 그런데 막상 소설을 발표하고 나니 몇몇 독자들의 독후감은 내 생각과 많이 달랐다.

독자들은 그 소설을 애틋한 러브 스토리로 읽었다. 나는 놀랐다. 그 소설을 구상하고 실제로 쓰는 동안 집중했던 것은 고통의 문제였다. 감각으로선 통증이었고 인식으로선 고립과 단절이었다. 뿐만 아니라 자전적인 요소가 많이 들어간 소설이었기에 쓰는 내내 인물에 강하게 이입되어 심적으로 괴롭고 힘들었다. 그런데 독자들은 소설이 사랑스러웠다고 했고, 어떤 이는 아름다웠다고 했고, 엔딩이 감동적이었다고 했으며, 누군가는 해피엔딩이어서 좋았다고 했다. 해피엔딩이라고? 그 소설이? 잠시 시간을 두고 생각에 잠긴 후에 나는 깨달았다. '소설을 잘못 쓴 것이 분명해.'

하지만 곰곰이 생각해보면 그럴 수도 있을 것

같다는 생각이 든다. 「떠떠떠, 떠」는 내가 쓴 소설이지만 중반 이후부터는 인물들의 요구에 의해 다르게 전개되었기 때문이다. 소설의 최초 버전은 남자와 여자가 사랑에 빠지지 않는다. 아니, 사랑에 빠질 수 없게 만들었다. 두 인물이 서로를 알아보고 서로의 고통을 이해한다고 할지라도 그것은 그냥 알게 된 것일 뿐, 그 '앎'은 서로의 어떤 면을 고쳐주거나 위로할 수 없는 '앎'이었다. 사실이 그렇다. '인간은 모두 힘들고 각자 고통의 문제를 안고 있다. 그러니까 인간은 고통의 문제에서 평등하고 통증의 문제에서 동일한 것이다.' 이렇게 말할 수 있을까? 아니다. 모두 고통이 있고 상처가 있더라도 고통의 문제가 다르고 환부가 다르다. 당연히 통증의 감각이 다르고 느낌도 다르다. 우리는 각자의 문제에 있어 완전한 타인일 뿐이다. 이해한다고 해도 결국엔 서로에게 무관할 수밖에 없다. 마치 다른 층위에 서서 서로를 바라보는 사람들처럼 우리에겐 이해와 공감과 동감의 한계가 있다. 드나들 수 없는 유리벽이 있고 넘을 수 없는 담장이 존재한다. 지켜볼 순 있지만 만질 수 없다. 갖고 싶어도 주고 싶어도 나눠 가질 수 없다. 내가 남자와 여자에게 부여한 마음의 소리는 다음과 같다.

'나는 네가 고통스럽다는 걸 알아. 하지만 그 통증이 무엇인지는 모르겠어. 얼마나 아픈지. 어떻게 아픈지. 모르겠어. 너무 알고 싶은데 알아지지가 않아. 나도 나름의 고통이 있거든? 네가 갖고 있는 것에 비해 작지 않거든? 그래도 모르겠어. 너도 안다고 하지 마. 안다고 생각하겠지만, 이해할 수 있다고 생각되겠지만, 실제로 그렇게 믿고 있을 수도 있지만, 아니야. 그것은 불가능해.'

그리하여 최초의 소설은 남자와 여자가 서로의 다름과 한계만 확인하고 결국 헤어져 뒤돌아선다. 희망 고문 같은 것. 나를 이해하는 사람이 있을 수도 있구나, 라고 한껏 기대에 부풀었다가 나락으로 떨어지는, 비참한 현실을 깨닫는 소설을 썼다. 그런데 마감을 일주일 앞두고 내 안에서 그게 아니라는 외침 같은 것이 있었다. 머리로는 그 서사가, 그 인식이 옳다는 것을 알고 있었고 그것이 맞다는 확신도 있었다. 그러나 감정은 다르게 말하고 있었고, 또 다른 감정은 그 말과 싸우고 있었다.

사랑은 어떤 이들에게는 구원이 돼.

구원? 웃기는 소리. 모든 것은 끝이 있어. 괜히 기대했다간 비참해지기만 할 거야. 영원한 건 없어.

영원을 말하는 것이 아니야. 한순간. 하루. 단 한 번이라도. 어떤 경험은, 어떤 감정은, 어떤 사랑은, 그 사람을 온전히 살게 해. 적어도 한 시절을, 적어도 하루를, 1분 1초를, 짧지만 그 순간을 영원처럼 느끼게 되는 거야. 그것은 인간을 구원에 이르게 해. 그것은 그렇게 단순하고 작은 것이 아니야. 나는 그 가능성을, 그 반짝이는 한순간을 외면할 수 없어……

나는 그 말에 설득당했고 애써 쓴 소설의 절반을 들어내고 남자와 여자로 하여금 마음껏 사랑하게 됐다. 어차피 헤어지겠지만 오늘은 만나렴. 결

181

국 상처 주겠지만, 더 큰 상처로 남겠지만 오늘은
그냥 껴안아. 각자의 집으로 돌아가겠지만, 그래서
더 큰 외로움과 슬픔 속에 괴롭겠지만 오늘은 함
께 침대에 눕도록 해. 타이핑을 하며 소설을 쓰는
내내 인물들을 응원하면서 중얼거렸다. 아무 효력
이 없더라도 돕는 것. 나만의 방식으로 노래를 부
르는 것. 들리지 않더라도 고백하는 것. 어쩌면 이
모든 덧없는 행위가 사랑이 아닐까? 생각했던 것
이다. 어쩌면 그런 행위들이 기이한 에너지 같은
것이 되어 정말로 그를 도울 수도 있어. 그가 회복
될 수도 있어. 눈물이 멈출 수도 있어. 그런 믿음으
로 마지막까지 그들이 껴안고 사랑을 속삭이도록
내버려뒀다.

　지금 생각해도 그 소설을 썼을 때 마음에 일어
난 변화가 이상하게 느껴진다. 그것은 단 한 번의
경험이었다. 그 후로 소설을 쓸 때 내 안에서 그런
반항은 일어나지 않았다. 나는 가끔 그 소설을 읽
어볼 때가 있는데 내가 쓴 게 아닌 것 같은 낯선 기
분에 빠지곤 한다. 하지만 그럴 리 없다. 분명히 내

가 썼다. 그렇다면 그때의 나는 어떤 사람이었던 것
일까. 그 사람을 만나고 싶다. 그 사람이 되고 싶다.

춤추는 자의
춤

예술의 세계에서 가장 신비하고 근사한 단어가 있다면 아마 영감靈感일 것이다. 창조적인 작업물과 이전에 본 적 없는 표현 양식, 일반적이지 않고 쉽게 해석되지 않지만 뭔가 심상치 않은 아름다움과 의미가 느껴지는 느낌적인 느낌. 예술가는 이걸 어떻게 생각했을까? 이걸 어떻게 표현했을까? 질문에 대해 답하기는 어렵다. 예술가도 말하기 어렵고 수용자도 발견하기 쉽지 않다. 그래서 서로 그 부분을 받아들이고 이해하는 가장 단순하고 편리한, 그러나 난해하고 애매모호한 단어가 영감이 아닐까 싶다. 그렇다면 영감이란 도대체 무엇일까? 사전적 의미는 다음과 같다.

1. 신령스러운 예감이나 느낌.
2. 창조적인 일의 계기가 되는 기발한 착상이나 자극.

자극. 기발한 착상. 모종의 예감이나 느낌. 이런 것들은 예술가의 것이지만 동시에 예술가의 것만은 아니다. '신령'이라는 존재가 있기 때문이다. 즉 영감을 이해하는 가장 보편적인 해석은 '뭔가 설명할 수 없는 영적인 느낌이 예술가에게 찾아와 그를 자극해 창조적으로 만들었다' 정도일 텐데 이게 참 미스터리하다. 그렇다면 예술가는 영감의 주체인가, 객체인가. 영감이 왔을 때 예술가의 행위는 예술가의 것인가, 영의 것인가. 그때의 감각은 예술가의 것인가, 영의 것인가.

롤랑 바르트는『마지막 강의』에서 '글쓰기-의지'라는 것이 있다고 말한다. 다시 말해 '쓰기'라는 독립적인 의지가 작가 안에 있다는 생각이다. 남미의 작가 마리오 바르가스 요사 역시 비슷한 생각을 갖고 있었다. 작가가 글을 쓴다는 것은 몸 안의 기생충이 숙주에게 명령하여 먹고 싶은 것을 먹듯 글이라는 존재가 작가를 택해 이용한다는 식이다. 심지어 그는 작가가 소설의 주제를 택하는 게 아니라, 소설의 주제가 작가를 택한다고 생각했다.

나는 글이라는 것이 그렇게까지 신비적인 느낌과 방법으로 써지는 것이라고는 생각하지 않는다. 정체불명의 영감이라는 존재보다 작가의 명징한 이성과 실제적인 감정이 더 중요하다고 믿는다. 그럼에도 불구하고 글을 쓰다 보면 느닷없이, 불현듯, 순간적으로 찾아와 나를 사로잡는, 설명하기 어려운, 그래서 영감이라고밖에 달리 말할 수 없는 기이한 느낌이 분명 있다. 이 지점에서 내가 궁금하고 호기심을 품는 것은 영감을 구현해내는 표현 양식이다. 많은 예술가들은 영감을 직접적으로 표

현하지 못한다. 작가에겐 펜이 필요하고 화가에겐
붓이 필요하다. 그런데 댄서에겐? 글쎄. 몸 외에는
다른 도구가 없지 않나?(댄서가 아니므로 확신할 수
없다.) 만약 그렇다면 영의 감각과 몸의 감각 사이는
완전히 붙어 있다. 어떤 거리도 존재하지 않는다.

매개체 없이 곧바로 몸으로 반응하는 댄서는 그
래서 묘한 예술가다. 춤추는 자는 춤이라는 무형
의 존재에게 완전히 사로잡힐 수밖에 없다. 춤이
원하는 걸 춤추는 자도 함께 원해야 한다. 만약 그
렇지 않다면 충돌을 일으킬 것이다.(물론 그때의 갈
등과 에너지가 댄서에겐 더 근사한 표현을 만들어낼 수
도 있다.) 춤을 하나의 인격체라고 상상해볼 때 춤
이 말하면 댄서는 입술이 되어야 한다. 움직일 때
는 몸짓이 되어야 하고 표정을 지을 때는 얼굴이
되어야 한다. 영감과 오감을 분리할 수 없는 지경.
안과 밖을 나눌 수 없이 붙어 있는 상태. 춤이 원
할 때 춤추는 자가 움직이지 않으면 살과 뼈가 상
한다. 경우에 따라 마음과 영혼이 상할 수도 있다.

187

일상의 감각과 춤출 때의 감각이 뒤섞여 고통을 받을 수도 있다. 나는 이렇게도 상상해본다. 어쩌면 댄서는 춤을 몸 안에 간직하며 사는 숭고한 사제 같은 것이 아닐까. 이쯤 되면 '춤과 하나가 되었다'라는 상투적인 비유는 댄서에겐 실제다.

나는 그것이 두렵고 동시에 부럽다. 열등감을 느끼는 동시에 연민의 감정을 느낀다. 춤에 문외한인 내게 댄서는 언어가 다른 낯선 자이고, 성질을 파악할 수 없는 생물이다. 극단까지 몸을 밀어붙여 춤을 출 때는 선천적으로 강한 육체를 타고난 우월한 동물처럼 보인다. 기묘한 동작으로 팔과 다리를 움직일 때는 시적이고 아름다운 몸짓 언어가 된다. 언어 이전의 언어. 표현을 입기 전의 언어. 댄서의 춤은 그것을 담고 있다. 나는 그것의 의미를 파악하는 것을 관두고 그것이 내게 전하는 춤 언어를 이해하려 애쓴다. 춤에게 입술이 없어 말로 말하지 않듯 이해하려는 자는 또 받아들이려는 자는 그것을 단순한 귀와 눈으로 느껴서는 안 된다.

하지만 그게 어디 쉬운가. 그저 몸의 한계와 극

단으로 이해하려면 춤은 기예이고 육체의 극단까지 밀고 올라간 우월함일 것이다. 이를테면 체조 같은. 그러나 춤에 의미와 메시지가 흐르고 있다면, 춤이 말하고 뭔가를 표현하려고 한다면, 그것은 해석하기가 쉽지 않다. 춤에는 소리가 없고 글자가 없으며 이미지도 없으니까. 그렇다고 일일이 그것에 대해 해석해주고 몸짓을 언어화하는 가볍고 질 낮은 번역을 시도하는 것도 옳지 않다. 어떤 언어는 쉬워지거나 풀어 써버리면 전혀 다른 의미가 되기 때문이다. 현대무용이 이해와 공감이란 측면에서 난해하고 어려운 까닭은 바로 이 때문일 것이다.

춤추는 자 너머의 춤에 집중할 수 있을까. 춤추는 자 이면에 숨어 있는 춤의 표정을 볼 순 없을까. 춤이 말할 때 우리는 어떻게 그 말을 들을 수 있을까. 그가 말로 말하지 않고 설명으로 설명하지 않을 때 우리는 그것을 무슨 수로 이해해야 하나. 춤이 전하는 메시지를 이해하려면 다른 감각기관이 필요하다. 눈으로 보고 귀로 듣는 단순한 감상에 기대는 일이 없도록 노력하고 애써야 한다. 이해의 차원을 바꿔야 할 것이다. 받아들이고 판단하는 사고 체계를 다르게 마련해야 할 것이다. 혹자는 '그게 무슨 말이야' 물을 것이다. 그렇게까지 이해하고 싶지는 않다고 생각할 수도 있다. 다만 내가 말하려는 것은 어쩌면 댄서의 춤이야말로 가장 난해하고 직관적인 방식으로 표출되는 영감의 언어가 아닐까 싶은 것이다.

토마스 베른하르트의 소설『몰락하는 자』는 천재 피아니스트 글렌 굴드와 천재가 아닌 두 명의 피아니스트들에 관한 이야기다. 소설은 이 시대의 예술은 무엇이고, 예술가의 삶과 욕망은 어떻게 발현되고 실현되는지를 이해할 수 있게 해준다. 소설 속 글렌 굴드는 이렇게 말한다. "우리는 사실 피아노이길 원해, 인간이 아니라 피아노이길 원하지, 평생에 걸쳐 인간이 아닌 피아노이길 원해. (…) 이상적인 피아노 연주자는 피아노이길 원하는 자야." 나는 댄서가 춤추는 모습을 보면 어째서인지 글렌

굴드의 저 말이 떠오른다. 글렌 굴드가 피아노이길
원하는 피아노 연주자였다면 댄서들은 춤이길 원
하는 춤이다. 다시 말해 그들은 그들이 인식하든
인식하지 않든, 인정하든 인정하지 않든, 이미 춤일
지도 모른다. 춤추는 자의 춤은 춤추는 자다.

당신이 본 것과
내가 보여준 것

    결혼을 앞두고 있지만 결혼을 원하지 않고 결혼을 위한 초상화의 모델이 될 생각도 없는 엘로이즈. 마리안느는 엘로이즈의 어머니에게 딸의 초상화를 그려달라는 의뢰를 받는다. 마리안느는 자신의 정체와 목적을 숨기고 엘로이즈를 관찰한다. 몰래 그리려는 것이다. 마리안느와 엘로이즈. 둘은 함께 시간을 보낸다. 대화를 나누고, 같은 풍경을 보고 같은 것을 먹는 사이 특별한 감정을 갖게 된다. 더는 엘로이즈를 속이고 싶지 않은 마음이 된 마리안느는 솔직하게 털어놓는다. '나는 화가이고 당신의 초상화를 그리기 위해 여기에 왔다. 원치 않는다면 그림을 그리지 않겠다.' 엘로이즈는 마리안느 앞에 모델이 되어 앉는다. 마리안느는 최선을 다한다. 포즈를 취하게 하고 표정을 코치한다. 엘로이즈는 순순히 그 말을 따른다. 마리안느는 초상화를 완성했고 엘로이즈에게 결과물을 보여준다. 엘로이즈는 의아한 표정으로 묻는다.

"나예요? 당신이 본 내가 이랬나요?"

당황한 마리안느는 미술의 관습과 규칙을 설명하며 전문가인 나는 이 그림을 충분히 잘 그렸다고 생각한다면서 자신을 변호한다. 엘로이즈가 다시 묻는다.

"생명력은 없나요? 내 존재감은요? 내 깊은 감정은요?"

마리안느는 그 말에 아무 대답도 하지 못한다. 엘로이즈는 말한다.

"이 초상화는 나와 비슷하지 않아요. 그리고 당신을 닮지도 않았어요."

영화 〈타오르는 여인의 초상〉을 보고 수년의 시간이 흘렀지만 저 대화가 잊히지 않는다. 몰래 그리고 싶지 않았던 마리안느의 마음과 자신을 그려주기를 원하는 엘로이즈의 마음. 그 둘은 같다. 마리안느는 엘로이즈를 그저 피사체로만 생각하지 않게 되었고, 엘로이즈 또한 마리안느가 자신을 잘 안다는 확신이 있었다. 자신의 표면적인 모습이 그림에 담겨 잘 알지도 못하는 사람들에게 보여지는 것이 싫었던 엘로이즈가 마리안느 앞에 모델로 앉았던 것은, 마리안느가 자신을 제대로 봤기에 제대로 그릴 수 있을 거라는 믿음 때문이었다.

엘로이즈는 마리안느의 눈동자에 맺힌 자신의 모습이 궁금했다. 함께하는 동안 주고받은 것들이 만들어낸 깊은 감정과 생명력, 마음에 붙기 시작한 불, 자신에게서 뿜겨져 나오는 빛과 열을 확인할 수 있을 거라 기대했다. 하지만 마리안느는 자신이 본 것보다 보이는 것을 그렸다. 엘로이즈의 얼굴과 표정과 눈빛과 감정 대신 경향과 화풍과 미술의 형식과 양식을 따랐다. 그래서 그 둘은 어떻게 되

었을까? 초상화는 완성됐을까? 궁금하신 분들은
영화를 보시라.

예술가는 각자의 도구를 통해 자신이 본 것을
자신이 본 대로 표현하는 자들이다. 있는 그대로
그리는 것이 아니고 보이는 그대로 그리는 것도 아
니다. 본 대로 그려야 한다. 때문에 예술가는 자신
이 본 것이 무엇인지 표현하기 전에 깊이 고민하고
생각해야 하는 것이다. 세계는 모두 대상으로 주어
져 있다. 하지만 그 대상을 만나고 함께 시간을 보
내면 그것은 더 이상 대상으로만 존재하지 않는다.
예술가에게 목격된 대상은 이렇게 말하고 있다.

"내 모습을 그리지 마세요. 당신이 본 것을 그려
주세요. 내가 보여준 것을 그려주세요."

내가 만난
슬픔 씨

언젠가 동생은 말했다.

'아빠가 오도카니 앉아 눈을 끔벅끔벅 깜박이며 멍하게 앉아 있는 걸 보면 마음이 아파.'

나도 그때의 아빠를 안다. 그 얼굴. 그 표정에서 보이는 낯설지만 오래된 사람. 슬픔 씨.

어떤 느낌과 감정은 감각 차원에 머물지 않고(못하고) 커지고 자라나 형상을 갖고 인격을 품는다. 마음 깊은 곳에 숨고, 잠 속을 걷고, 멍한 눈동자 뒤에서 무엇인가를 골똘히 바라본다. 그러던 어느 날 그는 잠잠히 머무는 것을 관두고 모습을 드러낸다. 그 얼굴. 그 표정. 우리 모두 알고 있는 그 사람. 슬픔 씨. 만약, 문득, 불현듯, 가까운 사람의 표정이 이상하게 보인다면, 환한 빛 속에서도 투명한 그림자로 젖어 있다면, 기이하게 구겨져 있다면, 눈은 울고 입술은 웃고 피부는 검고 귀가 붉게 물든다면, 그래서 잘 안다고 생각했던 그 사람이 다르게 느껴진다면 그 순간 그는 슬픔 씨에게 몸과 마음을 빼앗긴 것이다.

나는 서사 어디에서든 슬픔 씨를 만나게 되면 나도 모르게 숨을 참거나 반대로 길게 한숨을 내쉬곤 한다. 형식과 장르에 따라 슬픔 씨는 다르게 묘사되고 느껴지는 방식 또한 달라진다. 그중 얼굴과 표정을 깊고 골똘히 바라보게 되는 건 그림책에서 슬픔 씨를 만날 때다. 더는 책장을 넘길 수 없는 순간. 나도 그도 서로 물끄러미가 되는 순간. 우리가 얼굴을 마주 보며 정지하는 그때 그 순간.

마이클 로젠의 『내가 가장 슬플 때』는 별다른

이야기도 특별한 장면도 없이 슬픔 씨에게 모든 것을 빼앗긴 한 인물이 나오는데 어째서인지 감상적이지 않고 넘치지도 않는다. 슬픔은 그에게 분위기가 아니고, 기분도 아니며, 이따금 내뱉는 한숨 같은 것도 아니다. 슬픔은 그의 삶의 모든 풍경과 일상의 디테일을 처음부터 끝까지 빼곡하게 칠하고 있다. 한순간, 한 시절, 슬픔 씨에게 얼굴을 빼앗긴 사람이 아니다. 어제, 오늘, 내일. 침대와 방과 식탁. 거리와 일터와 벤치. 나무 그늘과 푸른 하늘까지 모조리 슬픔으로 가득 찬 사람. 슬픔 씨.

『내가 가장 슬플 때』의 슬픔 씨는 마른풀 같고, 그림자 같고, 연기 같고, 어떤 광기 같다. 다 타고 난 뒤에 남은 한 덩어리의 까만 숯 같은 몸. 물감을 끼얹은 듯 이상한 색채의 얼굴. 잘못 그려 넣은 듯한 두 개의 눈과 흐린 눈동자. 철사를 구부려 만든 듯한 그 사람. 슬픔 씨.

그런데 참 이상하지. 퀭한 눈으로 나를 바라보는 슬픔 씨가 이상한 포즈로 나를 차갑게 포옹해준다. 촛불 하나에 의지해 겨울밤을 얼지 않고 통과

할 수 있는 것처럼.

　사람은 모두 사람을 잃는다. 그래서 상실에 대해
말하는 건 가장 지겹고도 뻔한 오래된 이야기일지
도 모른다. 그런데 나는 매번 놀라곤 한다. 그 지난
한 이야기 속에서 만나게 되는 오래된 슬픔 씨가
너무 새로운 사람이어서.『내가 가장 슬플 때』에서
만난 슬픔 씨도 그렇다. 새로운 감정이었고 유일한
감각이었다. 지금 이 순간에도 슬픔에 젖어 이상하
게 웃고 있는 그의 표정이 떠오른다. 다음에 만날
땐 가볍게 웃어줘, 라고 내 안에 사는 슬픔 씨가
부탁했고 나는 약속했다. 그렇게 하겠다고.

한 줄의
생각

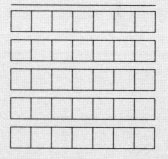

소설의 기술

이야기로 기억되지 않는 소설이 있다. 이야기로 기억하지 않는 독자가 있고. 지금은 작가도 제목도 생각나지 않는 단편소설. 읽고 싶어 읽은 건 아니었다. 이등병에게 허락된 유일한 자율 활동이 독서였을 뿐. 어떤 상황 속에 놓인 인물이 어떤 생각에 빠져 있음. 그게 다였다. 따분하고 지루했고 무엇보다 재미가 없었다. 책 표지를 봤다. 문학상 작품집에 실린 후보작이었다. 독후감은 한 줄로 말할 수 있겠다.

'이게 뭐야. 내용이 없네. 문학이란 이런 것이군.'

그런데 그 밤 잠을 설쳤다. 붉은 취침등을 바라보며 새벽 내 인물의 마음을 헤아렸다. 슬픔. 힘듦. 어려움. 이런 단어는 없었지만 슬프고 힘들고 어려웠던 인물의 내면이 느껴졌다. 참았던 것. 억울했던 일. 입 밖으로 꺼낼 수 없어 속으로만 했던 말. 그것들은 스토리로 표출되지 않고 인물 안에서만 타오르다 누구에게도 보여지지 않고 그냥 꺼졌다. 그런데 그걸 내가 알고 있다니. 이렇게 느끼고 있다니. 참으로 기분이 묘했다. '먹먹했다'라는 문장에 공명하며 함께 먹먹해지던 마음. 인물을 설명하는 문장은 어느새 나를 설명하고 있었다. 인물이 겪은 것은 내가 겪은 것, 겪을 수도 있는 것, 겪게 될 것이었다. 세월이 흘러 나는 그런 소설을 많이 읽는 사람이 됐고 쓰는 사람까지 됐다.

밀란 쿤데라의 『소설의 기술』을 읽다가 군 시절 그 독서가 떠올랐다. 나는 그때를 '문학을 만난 밤' '소설을 경험했던 순간' 같은 막연한 감상으로 기억할 뿐 그 느낌과 의미를 정확하게 설명할 방법은 몰랐다. 이제는 알고, 또 말할 수도 있다. 소설이 내게 한 것이 무엇이고 내가 소설로부터 받은 게 무엇인지. 허구의 이야기가 실제의 내 삶에 어떻게 스며들 수 있었는지를. 나는 소설을 읽고 내 속에 무엇이 있는지 알게 됐다. 소설의 문장은 내가 내게(타인에게) 도달할 수 있는 길이었고 일상의 무지를 건널 수 있는 다리였다. 밀란 쿤데라는 이 책에서 소설이 탐색하는 것은 '실제'가 아닌 '실존'이라고 말한다. 소설에 관한 많은 명제와 정의를 들었지만 저 말만큼 깊이 공감한 건 없었다. 소설은 픽션이다. 실제를 다루지 않고 사실에 집착하지 않으며 진실에 관한 강박도 없다. 소설小說은 말 그대로 작은 이야기일 뿐이다. 그러나 작은 이야기가 주목하고 말하는 중심에 인물이 있다. 그는 이야기의 주인공이라기엔 소소하고 하찮다. 그의 작고 평범한 일상은 이야기답지 않다. 하지만 깊고 넓고 하염없다. 행동의 연쇄를 좇아 수평선을 향하는 모험도 이야기지만 인물이 누구인지 알기 위해 물속으로 깊이 들어가는 탐험 역시 이야기다. 태양과 바람이 만들어내는 파도도 있지만 땅이 진동하고 쪼개지며 휘청이는 물결도 있다. 수많은 현상과 실제를 수집해 통계로 인간의 삶을 설명하는 방법도 있지만, 단 한 명의 실존을 탐구함으로써 경험의 교집합과 감각의 신경을 찾아내는 방법도 있다. 소설을 읽는 나무가 이야기 속 돌멩이의 마음을 헤아릴 수 있고 소설을 쓰는 코알라가 이야기를 통해 기린의 삶을 설명해낼 수 있다. 시대와 시간에 매이지 않고 언제든 지금 현재의 가능성으로 생생하게 감각할 수 있다. 소설을 쓰는 작가와 소설을 읽은 독자가 공감의 영역에서 만났다면, 밑줄을 긋고 인덱스를 붙이는 멈춤의 순간에 서로의 눈동자가 마주쳤다면, 그건 실제 사건과 경험이 같거나 유사해서가 아니다. 나도 그 인물처럼 될 수 있고, 할 수 있고, 있을 수 있고, 그럴 수 있다, 는 실존적인 이해다.

　나는 막강한 권력을 갖고 화려하게 살았던 러시

아의 황제는 모르지만 권력자의 폭압을 풍자하며 초라하게 살았던 바보 이반은 안다. 훌륭하고 용맹했던 기사의 이름은 모르지만 무시받고 조롱받던 돈키호테는 안다. 우아한 귀족과 아름다운 공주의 이름은 모르지만 사람들의 오해와 편견 속에 살아야 했던 안나 카레니나와 제인 에어는 알고 있다. 그들은 실재한 적 없지만 사람들의 인식 속에 살고 있다. 어쩌면 이 세계에서 내가 사라져도, 세월이 흐르고 시대가 달라져도, 그들은 살아남아 후대의 독자들과 함께 있을 것이다. 그들은 기억되는 존재가 아니라 기억하는 이들의 감각에 스미는 존재다. 내면과 감정 속에 은밀히 살며 실제의 삶에 투사되고 투영되어 언제나 지금 여기에 내 모습과 타인의 모습으로 나타난다. 그들은 보이는 자가 아니라 내 안에 들어와 함께 보는 자다. 나(너)는 과거에 제인 에어였고 지금은 안나 카레니나고 미래에는 돈키호테일 것이다. 나는 라스콜니코프가 될 수 있고 태양을 마주한 뒤 낯선 이에게 권총을 발사할 수도 있다. 가능성의 영역 안에서, 실존의 공감 속에서, 나는 누구도 될 수 있고 무슨 일이든 행할 수 있다.

밀란 쿤데라는 우리 시대의 정신이 매스미디어의 영향 아래 단순화 획일화되고 있지만, 이와 다르게 소설은 삶의 복잡함을 인식하게 해준다고 이야기한다. 우리는 지금 이 순간에도 미디어를 통해 세계를 접한다. 작은 블랙 미러를 통해 사건 사고를 보고, 수많은 이들을 만나며, 새롭고 신기한 정보를 알게 된다. WWW(What A Wonderful World)조차 옛말이 된 손안의 세계는 더 이상 놀랍지도 새롭지도 않다. 사람들은 휴대폰으로 어디든 갈 수 있고 무엇이든 얻을 수 있다고 생각한다. 정말 그럴까? 세계는 나로부터 시작되어 사방으로 펼쳐진 지도 같지만 아니다. 사방으로 펼쳐진 무한한 세계는 접히고 접혀 버튼과 아이콘에 구겨진 채 담겨 있다. 그마저도 단순화되었고 그마저도 내가 원한다고 믿는 알고리즘에 교묘히 편집된 채 상투를 반복하고 있다. 많이 보고 오래 봐도 표면은 심연이 될 수 없다. 단순함을 여러 번 나눈다고 복잡해지는 것도 아니다. 압축이라 믿지만 생략이며 요약이라 믿지만 파편이다.

오래전에 죽음을 선고받고 매 순간 매 시대마다 위기를 겪는(것처럼 보이는) 소설. 읽지 않은 자들은 소설을 끈질긴 환자처럼 대하며 측은한 눈길을 보낸다. 그러나 소설은 죽지 않는다. 읽는 이와 쓰는 이에게 흡수되고 이식되어 전해지고 또 전해질 것이다. 이토록 자극과 재미가 넘쳐나는 세계 속에서 지금까지도 소설이 사람들에게 읽히고 나 같은 이들이 두둔하는 까닭은 무엇일까? 기이하고 괴상한 사건 사고 속에서도 한 사람의 생각과 감정 속으로 담담히 들어가려는 이들은 왜 아직도 이렇게나 많은 걸까? 나는 그 답을 밀란 쿤데라에게 들었다.

작법서인 줄 알고 『소설의 기술』을 읽었다. 이 책을 읽으면 소설을 잘 쓰는 방법과 요령을 알게 될 것이라고 기대했고 예상했다. 아니었다. 책은 예상과 달랐다. 밀란 쿤데라는 소설의 기술을 말하지 않았고, 소설이 무엇인지를 기술했다. 언뜻 보면 소설에 관한 인문학적 사유와 작가의 장광설처럼 보이지만, 아직까지 나는 소설에 관한 이보다 뛰어난 의견과 주장을 들은 적이 없다. 그는 고고하고 도도히 소설의 의미와 가치, 힘과 능력에 대해 말한다. 소설은 작지만 무엇보다 크다는 호소력 있는 그 목소리. 소설을 읽고 쓸 때 문득 찾아오는 회의감과 두려움을 이길 수 있는 음악이자 강령이었다. 이 책의 영어 제목은 'Art of the Novel'이다. 맞다. 인간을 설명할 가장 탁월한 예술이 무엇이냐 묻는다면 나는 소설이라고 답할 것이다. 당신이 동의하든 동의하지 않든.

끝나지 않는
아이러니

이청준의 소설을 생각하면 떠오르는 두 개의 인상이 있다. 하나는 '전짓불'에 대한 이미지고 다른 하나는 '아이러니'에 대한 소설적 인식이다. 오래전 「소문의 벽」을 읽었다. 그 시절의 나는 소설에 막 관심을 갖기 시작한 스물여섯의 복학생이었다. 좋은 글을 쓰고 싶은 욕망과 좋은 글을 읽고 싶은 열망 사이에서 꽤 흥분되어 있던 나는 날마다 도서관을 찾았고 유명한 작가들의 소설을 한 편씩 읽어나갔다. 그러던 어느 날 이청준의 소설을 읽었다.

독후의 느낌이 뭔가 달랐다. 기분이 이상했고 마음이 불편했다. 나는 그 감정의 정체를 도무지 알 수 없었다. 별수 없이 앉은자리에서 소설을 처음부터 다시 읽었다. 하지만 아무것도 해소되지 않았다. 이상함은 더해졌고 의문도 깊어졌다. 그리고 몇 주쯤 지나 같은 책을 한 번 더 읽었다. 그때 나는 어떤 충격을 받았던 것 같다. 그것은 단순하게 '좋았다' '재밌다'라는 식으로 표현할 수 없는 기이한 느낌이었다. 그동안 여러 소설을 읽어오면서 이런 저런 방식으로 좋음을 느끼고 흥분도 되었지만, 이청준의 소설은 뭐라고 정의할 수 없는 복잡한 느낌이 들었던 것이다.

나는 오후 내내 멍청이처럼 벤치에 앉아 온종일 소설의 한 장면을 생각했다. 미로에 갇혀 같은 자리를 기약 없이 헤매는 우매한 생쥐가 된 듯했다. 그것은 풀리지 않는 아이러니에 대한 탐구이자 집요한 의문이었다. 한 인물의 삶에 덫처럼 놓인 생과 사의 선택은 논리도 없고 설명도 없었다.

눈을 쏘아대는 강한 전짓불 앞에서 눈을 질끈 감고 이편이냐 저편이냐를 선택해야 하는 잔인한 실존만 있을 뿐이었다. 오늘 살아도 내일 다시 반복되는 확률 게임, 하얀 어둠 앞에 시력을 잃고 주저앉은 인간의 마음이란 도대체 어떤 것일까. 전짓불을 들고 있는 자의 얼굴을 볼 수 없고 그 어떤 해명도 할 수 없는 심정은 얼마나 깊고 절절할까. 없는 것을 있다고 해야 하고, 틀린 것을 맞다고 해야 하며, 둘 모두 아닌데 둘 중 하나는 골라야 하는 말도 안 되는 상황. 이 끔찍한 아이러니와 딜레마. 실제로 우리의 삶에서 일어나고 있다는 것을. 역사적으로 반복되어 왔고 앞으로도 계속될 것이라는 것을. 누군가에게 그것은 픽션이 아닌 일상이고 명백한 삶이라는 것을. 마침내 깨달았을 때 숯불 하나가 목구멍에 꽉 걸린 것 같았다. 뜨겁고 답답하고 아팠으나 그것을 뱉어내지 못했다. 철저히 벌거벗겨진 인간의 수치와 치욕을 실제로 목격한 순간이었다.

어떻게 그것이 가능한가. 인간의 삶이란 얼마나

나쁘고 이상한가. 나는 어찌해야 한단 말인가. 이런 질문들이 끝없이 솟아났고 답하고 싶지만 정답을 찾지 못한 몸엔 열이 올랐다. 지금도 「소문의 벽」을 읽고 받은 충격과 감동을 정확히 설명할 수 없다. 그 후로 시간이 흘렀지만 다른 식으로 표현할 방법도 아직 찾지 못했다. 말할 수 있는 건 소설의 장면과 거기에서 내가 발견한 것뿐. 이청준을 읽으며 난 깨달았다. 소설이 인간에게 할 수 있는 것이 무엇인지를. 소설만이 인간에게 할 수 있는 것이 무엇인지를. 소설이 인간을 다루고 소설이 인간의 삶을 탐구할 때 얼마나 강력해지는지를.

이청준은 내게 좋은 소설이 갖춰야 할 여러 덕목 중 하나를 알려줬다. 이상하다, 이상하다, 중얼거리며 골똘히 생각에 잠겨도 절대로 끝나지 않고 풀리지 않는 아이러니가 있다는 것. 그것을 설명하고 표현할 가장 뛰어난 언어형식이 소설이라는 것.

마음을 태우는
작가

　'좋아하는 작가는 누구인가?' 이런 질문을 종종
받는다. 비슷한 질문으로는 '어떤 책을 좋아하는
가?' '책 한 권 추천해줄 수 있나?' '인생 책이 있다
면?' '만약 무인도에 떨어진다면……'이 있다. 이런
질문에 제대로 답해본 적은 없다. 답하기가 싫어서
가 아니라 너무 어렵다. 좋아하는 작가와 책은 너
무 많고 그 매력 또한 각각 다르기 때문이다. 하지
만 '어떤 소설을 좋아하시나요?'라는 질문에는 답
할 수 있을 것 같다. 한마디로 말하면 '매력적인 소

설'이다. 소설의 매력은 다양하다. 이야기가 재밌는 소설. 대화가 좋은 소설. 문장이 정확한 소설. 생각하지 못한 반전이 있는 소설. 음악이 느껴지는 소설. 시적인 소설 등등등. 이런 매력을 모두 아우르는 핵심적인 교집합이 있는데 거기엔 작가가 있다.

작가는 장면과 인물 속에 있을 수도 있고 이야기 바깥에 있을 수도 있다. 하지만 소설 어딘가에는 분명히 존재하기 마련인데 그의 존재를 느끼거나 그의 얼굴과 목소리를 확인하면 바로 소설에 흥미를 갖게 된다. 작가의 사적인 인식(그것이 편견과 그릇된 관념일지라도)과 정념이 가장 주요한 에너지로 공급되는 소설을 만나면, 흥미로운 사람을 만날 때 의자를 당겨 앉는 것처럼 나도 모르게 자세를 고쳐 앉는다. 소설을 읽는 내내 작가를 만나고 있는 느낌이 들면 이야기와 문장이 담긴 책이라는 사물이 생물처럼 여겨지는데 그 순간이 좋다. 납작한 종이에 인쇄된 문장에서 이상하게 목소리가 들린다. 그것을 솔직함이라고 말해야 할까. 작가의 진정성이라고 말해야 할까. 모르겠다. 하지만 절대로 허구일 리 없는 작가의 생생한 무엇을 발견하게 되면 나는 이 책과 이 책을 쓴 작가를 별수 없이 좋아하게 된다. 그 순간에 내 귀에는 소설을 읽을 때만 들을 수 있는 독특한 사운드, 이른바 '소설의 음악'이 들리곤 하는데 나는 그것을 신비하고 환상적인 현상으로 받아들이는 것을 좋아한다. '아, 이런 게 바로 소설이지.' '이런 기분을 느끼려고 내가 소설을 읽는 거지.'

아니 에르노의 소설을 처음 읽었을 때의 풍경이 떠오른다. 읽어가는 내내 몸과 마음이 반응하던 순간이 세월이 많이 흐른 지금도 생생히 느껴진다. 생각과 감정과 감각이 상상과 이미지 속으로 뻗어나가던 기이한 스케치가 눈앞에 아른거린다. 다 읽고 나서도 피부에 남았던 독후 감각은 많은 단어로 표현해도 부족할 것이다. 소설은 픽션이다. 하지만 소설 속에 들어간 것들이 모두 허구는 아니다. 아니, 모두 허구여서는 안 된다. 다 꾸밀 수 있어도 작가를 쓰게 한 그것과 작가가 소설로 쓰고자 한 그것만큼은 생생하게 살아 있어야 한다. 그것은 소멸되지 않은 채로 어떤 방식으로든 독자에게 온전히 전달된다. 그걸 보게 해주는 이야기. 그걸 느끼게 해주는 문장을 사랑한다. 아니 에르노의 소설을 읽었을 때 생각했다. '이 작가는 자신의 것을 소설 속에 집어넣었구나. 완전히 녹여 문장 속에 줄줄 흘려 넣었구나. 그게 너무 좋다. 이걸 아름답다고 말해도 되는 걸까.'

소설을 쓰는 작가로서 또 소설을 읽는 독자로서 내가 간절히 읽고 싶고 쓰고 싶은 것은 마음을 써서 만든 소설인 것 같다. 물론 소설은 픽션이고 잘 지어내야 하는 것이 미덕이지만 결코 지어낼 수 없는 것이 있다. 절대로 허구일 리 없는 것이 있다. 나는 그것은 작가에게 속한 것이라고 생각하고, 작가는 그것을 사용해서 소설을 써야 한다고 믿는다. 내게 있어 아니 에르노는 마음을 태워 불꽃을 만들어내는 작가다. 그의 대표작으로 알려진 『단순한 열정』은 오래전에 읽었을 때나 시간이 많이 흘러 지금의 눈으로 다시 읽었을 때나 여전히 열기가 느껴지는 소설이다.

　몇 년 전 아니 에르노는『세월』이라는 책을 출간
했다.『단순한 열정』의 작가와『세월』의 작가는 동
일하지만 책의 제목처럼 그 사이에는 세월이라는
강이 흐르고 있었다. 그것을 어느 정도는 예상하
고 읽었음에도『세월』의 앞부분을 읽었을 때는 마
음이 씁쓸해졌다. 내가 좋아했던 작가는 이제 없
구나. 세월을 따라 흐르고 흘러 다른 작가가 되었
구나. 하지만 이상했다. 아쉬운 마음속에서도 그
의 문장에 눈이 가고 그의 말이 귀에 들렸다. 나중
에는 그가 보여주는 장면과 풍경에 마음을 뺏겼고
그가 뾰족하게 찌르는 인식과 문장에 마음이 쓸
렸다. 그리고 마지막 페이지를 읽고 덮었을 때 마
음이 환해지는 것을 느꼈다. 세월이 흘러도 여전히
작가의 힘이 느껴졌다. 그 힘의 모양과 온도는 분
명 다른 것이었다. 타오르는 불꽃은 없었고 뒤로
물러서야 할 정도로 강한 열기도 없었다. 하지만
나는 손바닥에 작은 화상을 입고 말았다. 빛을 내

는 작은 돌멩이 같은 것이 보여 생각 없이 쥐었는
데 그것이 숯불이었던 것이다.

작가는 『세월』을 통해 자신의 이야기인 듯 혹
은 우리 모두의 이야기인 듯 자신이 겪고 느낀 것
들을 담담하게 말했다. 도대체 우리는, 그들은, 세
계는, 그리고 나는, 너는, 왜 이러는 걸까. 왜 그랬
던 걸까. 질문에 대한 답을 찾거나 분석하는 건 아
니었다. 본 것들을, 기억한 것들을 차분하게 진술
하고 묘사할 뿐이었다. 그런데 문장 속에 스며 있
는 뉘앙스와 문체가 질문에 대한 답처럼 느껴졌다.
짙은 회의감과 냉소. 냉정한 인식과 깊숙하게 파고
들어가 파헤쳐 보여주는 내면과 이면의 풍경. 진짜
에 가까운 솔직한 이야기들. 마치 솔로몬의 「전도
서」를 읽는 것 같았다. 「전도서」의 결론이라고 할
수 있는 문장은 '헛되고 헛되다'이지만, 그 결론을
뒷받침하고 있는 논리와 생각은 지혜로운 것처럼
『세월』도 그러했다. 차갑고 황량했지만 그 안에는
지혜가 있었다.

아니 에르노는 알고 있었다. 세월은 자신을 변하게 했다는 것을. 진정한 자기 자신이 누구인지 돌아볼 시간도 여력도 없다는 것을. 비밀과 호기심으로 가득했던 내면은 황폐해졌고 분주한 삶의 일상은 상상력과 문장을 앗아 갔다. 더는 생각할 수 없고 더는 사고할 수 없는 체념 속에서 작가는 그래도 글쓰기를 포기하지 않으려 했다. 희미해져 가는 기억을 더듬어 이름을 떠올리고 인물과 매치하려고 애를 썼다. 하나의 서사로 이어나가고 싶은 수천 개의 메모를 성실하게 적어나갔다. 이 마음과 결심이 멋졌다. 언뜻 보면 『세월』은 어떤 형식의 글인지 헷갈릴 수도 있다. 소설 같기도 하고 인문학서 느낌도 나며 에세이처럼 보이기도 한다. 모든 소설이 어떤 형식의 논리 아래 설명되는 것은(설명되어야 하는 것은) 아닐 것이다. 어떤 작가는 형식과 양식 바깥으로 걸어 나가 자기 스스로가 하나의 소설이 되기도 하는데, 내게는 여전히 아니 에르노라는 이름은 그 자체로 하나의 서사 양식처럼 인식된다.

마음이 가득했을 때는 불꽃으로, 그 마음이 다했을 때는 한 줄기 긴 연기로, 둘 모두 마음을 다한 결과. 아니 에르노는 그때나 지금이나 마음을 태우는 작가다.

귀 있는
자들에게

세이렌의 노래를 듣고 무작정 바다로 뛰어드는 이들에게 이 세계는 더 이상 호의적이지 않은 것 같다. 충동을 다스릴 줄 모르는 인간. 이겨내야 마땅한 본성에 쉽게 무릎 꿇는 인간. 그들은 나약하고 나태하며 자신의 삶에 무책임한 잉여들이다. 예술의 세계에서도 마찬가지다. 더 이상 몰락과 파멸, 죽음을 향해 투신하는 이들에게 '아름다운 인간'이라는 칭호를 부여하지 않는다. 이제 그런 것들은 속내가 드러난 빤한 허세 같다. 때문에 예술

223

가라는 이들의 예술적 삶의 태도와 창작에 대해서도 무조건적으로 봐주지 않는다. 이 모던한 시대는 그저 '다다'하고 '데카당'하며 '아방가르드'적이기만 한 이들의 행동을 날카롭게 비판하는 분별력 있는 눈을 갖고 있다고 믿는 듯하다.

그러나 묻겠다. 그래서 인간은 높은 수준의 이성과 지속적인 학습, 웬만해선 속아 넘어가지 않는 굳건한 자의식을 통해 소위 '강한 인간'이 되었는가. 유혹과 부정에 넘어가지 않는 의지 넘치는 정의로운 생물이 되었나. '다른 인간'으로 살고 싶은 마음. 이제껏 한 번도 느껴보지 못한 강력한 아름다움 속으로 투신하고픈 마음. 사회가 손가락질하더라도 궁극적인 한 번의 경험을 통해 '인간적인 인간'이 되고 싶은 마음. 그 한순간을 위해 전부를 걸어보고 싶은 마음. 그런 것들이 정녕 다 사라졌단 말인가.

세이렌의 노래를 듣고 일말의 망설임 없이 바다로 다이빙한 부테스가 눈을 질끈 감고 귀를 막고 웅크리고 있는 이들에게 묻는다.

"정말?"

『부테스』는 내용으로만 보면 죽음을 향해 뛰어든 어리석은 자들을 변호하는 책처럼 보인다. 두 귀를 밀랍으로 막고 배의 돛대에 자신의 두 손과 발을 묶은 신중하고 현명한 이들을 비웃기라도 하듯, 출렁이는 갑판을 전력으로 달려 바다를 향해 점프한 이가 있었으니. 상상해보자. 허공에 떠서 아래를 내려다보는 오만한 인간의 얼굴을. 그는 머리부터 수직으로 낙하해 물속으로 사라졌다. 그의 이름은 부테스. 그는 깊은 물속으로 빠져 하나의 거품이 되어 사라지며 이렇게 말한다.

"망했다고? 내가 간절히 원한 것이 당신들이 망했다고 말한 바로 그것인데?"

파스칼 키냐르는 고대 도시 파에스툼의 석관 천장에 그려진 다이빙하는 사람의 그림을 통해 부테스에 대해 말하고 있다. 이야기의 세계에서 주목받지 못한 『부테스』를 통해 그가 하고 싶은 말이 뭐였을까? 내가 밑줄 그은 문장은 다음과 같다.

225

(…) 방치된 자들에 관한 책의 문을 잠시 열어야 한다. 비록 그들의 전례가 사회의 재생과 대립된다고 할지라도, 비록 그들의 만용이 가장 대중적인 심미적 선택을 경멸한다 할지라도, 비록 그들의 결단이 (…) 종교적인 계율에 위배된다고 할지라도 그렇다. 부당하게 배척받은 자들에게 빈 의자를 남겨주어야 한다.

『부테스』를 읽고 마침내 나는 파스칼 키냐르의 글을 어떻게 받아들여야 하는지 알게 됐다. 그의 글은 들어야 한다. 음악을 감상하듯. 누군가의 목소리를 경청하듯. 어떤 소리에 귀를 기울이듯. '음악적이다'가 아니다. 리듬과 멜로디 혹은 모종의 음악을 모방해 음악적 소리가 들리듯 읽히는 것이 아니다. 그냥 '음악'이다. 듣고 나면 형상도 이미지도 없고, 존재함과 동시에 사라져버리는 어떤 투명한 자국 같은. 남김없이 휘발되는 사운드로서의 언어다.

그는 죽음의 문턱에서 귀환한 후 이렇게 말했다
고 한다.

내 안에서 모든 장르가 무너졌다. 소설, 시, 에세이,
우화, 민화, 잠언, 단편, 이론, 인용, 사색, 몽상 등
모든 장르가 뒤섞인 혹은 어떤 장르도 아닌 오직
'문학'.

그는 독서를 '청취'라고 했다. 그렇다면 그의 글
도 읽히는 게 아니라 들려져야 할 것이다. 파스칼
키냐르는 언어로 소리와 음악을 만들어내는 작가
다. 책을 다 읽고 표지에 그려진 다이빙하는 사람
을 물끄러미 바라보는데, 물에 빠질 때 나는 '풍덩'
하는 추락 음이 들리는 것 같았다. 그리고 잔향처
럼 들려오는 파스칼 키냐르의 음성.

귀 있는 자는 들을지어다.

'고통'이라는
'불명료함'에
반대하며

『고통에 반대하며』를 읽고 당황했다. 기대와 달랐던 것이다. 나는 읽기로 마음먹은 책에 대해 정보 없이 읽는 것을 원칙으로 한다. 오해가 있으면 있는 대로, 편견이 있으면 있는 대로 읽는 것이 좀 더 정확하게 책을 읽는 한 방법이라고 믿기 때문이다. 그래서 책을 홍보하는 띠지나 간략한 설명이 앞뒤로 붙어 있는 겉표지도 벗겨버린다. 때론 다 읽은 후 작가의 프로필을 몰라 애를 먹은 적도 있다. 이번에도 그랬다. 아무 정보 없이 검색도 하지 않고 책을 펴서 읽기 시작했다.

이 책을 읽기 전 갖고 있던 예상은 두 개였다. 하나는 '고통'에 집중한 책이라고 생각했다. 아니었다. '고통'에 관한 짧은 글이 있었지만 대부분은 고통과 무관한 주제를 다루고 있었다. 둘째는 글의 분위기가 무겁고 진지하여 치열한 독서가 될 것이라는 예상이었다. 그것도 아니었다. 이 책은 재치와 유머와 여유가 넘치는 책이었다.

프리모 레비. 이탈로 칼비노는 그를 "백과사전적 맥脈"을 지닌 작가로 정의했다. 맞는 말이다. 읽어보면 알 것이다. 나 역시 이번에 이 책을 통해 알게 되었다. 그동안 나는 프리모 레비의 일면만을 알고 있었던 셈이다. 다시 봤다. 그는 다양한 주제를 핍진하게 탐구하는 흥미로운 작가였다. 특히 재미있는 지점은 동물에 관한 글이었다. 그는 동물에 대해 해박한 지식을 갖고 있었다. 다람쥐, 나비, 딱정벌레, 거미, 귀뚜라미, 벼룩 같은 일반적인 의미의 동물뿐 아니라 켄타우로스나 키메라 같은 신화

적 동물들도 다루고 있다. 사실과 정보를 한 손에 놓고 작가적 해석과 독특한 상상력으로 그것에 접근하고 있었다. 그는 괴짜처럼 엉뚱했고 때론 아이들처럼 장난스러웠다.

그는 화학자로서 융합의 꿈을 꾼 작가였다. 과학적 정신과 문학적 창조성의 만남을 꾀하였고 그것을 글쓰기의 중요한 요소로 삼는 동시에 독자들과 다른 작가들로 하여금 그래야 한다고 적극적으로 전도하고 있었다. 고백하자면 나는 그 전도에 어느 정도 넘어가고 말았다. 나는 여러 글들 중에서 특히 「불명료한 글쓰기에 대하여」라는 글에 감명을 받았다. 글을 쓰는 사람으로서 생각해볼 만한 주장이었고 어떤 부분에서는 반성하게 만들었다. 우선 그는 현상과 세계를 바라보는 기준과 방식을 제시하고 있다.

우선 물질을 꿰뚫어보고 구성과 구조를 알고자 하며 속성과 행동양식을 예견하는 습성이

있는데, 이는 통찰, 구체화와 간결화의 정신적
습관, 사물의 표면을 뚫고 들어가려는 항구적인
욕망으로 이끌어준다. 또, 화학은 분리하고
측량하고 분류하는 기술인데, 이 세 가지는
사건을 묘사하거나 상상을 구체화하려는
사람에게 유용한 훈련이다.

이렇게 말해도 될지 모르겠지만 거칠게 정의하
자면 프리모 레비는 이과적인 작가다. 그는 세계를
바라보는 방법과 그것을 감각하는 모든 면에서 분
명한 논리와 정확한 이해에 도달하고자 하는 욕망
을 갖고 있었다. 그리고 그것이 정의로운 글쓰기라
고 믿었다. '느낌적인 느낌' '그런 게 있다'라고 말할
때 그는 답한다. 그것은 느낌의 차원에서 받아들
일 문제이며, 글로 쓸 땐 명확하게 기술해야 한다
고. 프리모 레비는 다음과 같이 말한다.

유일한 진짜 글쓰기는 '마음에서 나온다'는
것, 진정 위에서 언급한 의식의 모든 개개

구성요소로부터 나온다는 것은 사실이 아니다.
이 유서 깊은 견해는, '내면에서 말하는' 마음은
이성의 기관과 다르고 좀 더 고귀한 기관이며,
마음의 언어는 모든 사람에게 동일하다는 가정에
근거한다. 마음의 언어는 시간적·공간적으로
보편적이기는커녕, 변덕스럽고 오염되었으며
유행만큼이나 급변할뿐더러, 사실 유행의
일부이다.

　나 역시 좋은 글의 기본 원칙은 '정확한 문장'이
라고 생각한다. 모호함이라는 유령은 사실 진정한
문학성을 가리는 그늘이라 믿는다. 모호함. 그것은
인격이 없고 의미도 없다. 우리가 비슷한 의미로
사용하고 있는 수식. 이를테면, '시적이다' '난해하
다' '문학적이다' '복잡하다' 등등의 표현은 혹자에
겐 어렵고 때론 모호하게 느껴질지도 모른다. 하지
만 그것들은 나름의 이유와 명분을 갖는다. 잘 쓴
물리학 논문이라 해도 나 같은 사람에게는 어렵
게 느껴질 것이다. 무슨 말인지 쉽게 이해할 수 없

다 하더라도 관념적인 문장은 분명 그 안에 관념과 사고의 비밀을 품고 있다. 복잡한 것도 복잡한 방식으로 정확할 수 있다. 하지만 모호하다는 것은 다르다. 그것은 아무 이유가 없기에 알 수 없는 어려움이다. 복잡한 것처럼 보이지만 그저 꼬여 있는 길이고, 미로인 줄 알았는데 입구도 출구도 없는 문장이다. 아니, 문장이라고 할 수조차 없다. 하지만 글을 쓰다 보면 불명료함 뒤에 숨고 싶은 유혹을 자주 느낀다. 그것을 정확하게 지시할 단어를 찾는 것이 너무 힘들고 선명한 논리와 문장을 쓰는 것도 어렵기 때문이다. 그러나 프리모 레비는 정색하며 말하고 있다. 불명료한 것은 문장이 아니라고. 때론 고통이나 울음 같은 봐주고 싶은 부분조차 불명료하다면 반대해야 한다고 여긴다. 그 점이 좋았다. 부끄럽지만 시원했다.

많은 문명에서 통곡의 애도는 의례이며 관습이다.
하지만 통곡은 과도한 수단이다. 눈물로는
개인에게 도움이 될지 모르나, 언어로 본다면

무력하고 투박할 따름이다. 정의상 언어라고 할
수도 없지만 말이다. 무언의 감정 표출은 명확한
언어적 표현이 아니며, 소음은 말소리가 아니다.
이런 이유로 나는 "형언할 수 없는 것, 실재하지
않는 것, 동물 울음소리의 한계에서 울리는"
텍스트들을 찬사하는 것에 진저리가 난다.

   아니, 신음하지 말라니. 소리도 내지 말고 통곡
도 하지 말라니. 도대체 고통을 알기나 하는 자인
가. 하지만 그렇게 말하는 사람이 프리모 레비라면
우리는 일단 수긍해야 한다. 그가 고통을 몰라서
일까? 그가 통증을 알지 못하는 자이기 때문일까?
그래서 우는 것도 이해 못하고 신음에도 인색한 것
일까? 아니다. 우리는 안다. 그는 그 어떤 누구보다
고통 전문가다. 그럼에도 불구하고 그는 주장하고
있다. 쓰는 자들은 그것을 쉽게 표현할 울음소리
나 신음 같은 것을 써서는 안 된다고. 아무리 고통
스럽다 할지라도 그것을 문장으로 써야 한다면 표
현할 방법과 단어와 분명한 논리를 찾으라고 말한

다. 마음에서 우러나오는 대로 쓰지 말고 마음에서 우러나오는 그것에 대해 잘 쓰라고 한다. 글에 있어서 그는 단호하다. 마음은 고급 언어가 아니며 모호함은 아름다움을 표현할 수 없다고 믿는 것이다.

　　우리가 살아 있는 한 우리는 책임이 있다. 우리는 우리가 쓴 것에 대해 한 단어 한 단어 책임져야 하고, 모든 단어가 반드시 제 목표에 도달하도록 해야 한다.

　책임이라는 단어. 요즘의 사회를 제정신으로 사는 자들은, 제정신으로 살기 위해 애쓰는 자들은 그 단어에 모종의 죄책감과 불편함을 느낄 것이다. 그리고 동시에 채무감도 갖고 있을 것이다. 나역시 그렇다. 이런 생각 저런 생각 많이 한다. 프리모 레비의 글을 읽은 자들은 모두 각자의 삶의 터전과 방식으로 무거운 숙제를 떠안게 된다. 이것이 인간인가, 라는 질문과 가라앉은 자와 구조된 자로 가득한 이 세계에 대한 서늘한 인식. 그리고 고

통에 반대하며 동시에 나는 무엇을 할 수 있을 것
인가에 대한 자문으로 마음은 진동하게 될 것이
다. 우선 나는 고통에 반대하는 정확한 글쓰기를
실천하기로 노력하겠다. 수학자는 수학자의 언어
로. 과학자는 과학자의 언어로. 시민은 시민의 행
동으로서 행동하고 발언하기를 바란다.

감각하는
앎

1.

문제다. 기후는 나쁜 쪽으로 변하고 날씨는 갈수록 이상해진다. 각종 수치는 한계를 넘어섰고 예측은 절망스럽다. 더 큰 문제는 이 문제가 알려질 만큼 알려졌다는 것이다. 많은 이들이 문제의식을 갖고 있다. 하지만 거기까지. 풀어낼 방법은 어렵고 '풀어보자' 달려드는 이는 드물다. 기이하게 무너져가는 기후를 바라보며 나와 너와 우리는 중얼거린다.

"아, 정말 문제네."

안다. '지구온난화'라는 말을 들을 때 당신이 무엇을 생각하는지.

안다. '기후변화'의 경종이 울릴 때 당신의 기분이 어떻게 변하는지.

안다. '환경보호'라는 말이 당신에게 얼마나 공허하게 들리는지.

그것은 맞지만 지겨운 말. 옳지만 무미건조한 말.

'나한테 그러지 마. 내 책임도 아니잖아. 과거가 잘못했지. 이전 세대의 잘못이지. 쓰레기 줄이고 있고 분리수거도 어느 정도 하고 있어. 그런데 그거 알아? 개인이 아무리 애써봐도 의미 없어. 제국과 대기업이 하루에 쏟아내는 쓰레기 양을 생각해봐. 끝이 보이지 않는 넓은 사막을 내 작은 에코백 하나로 퍼내는 것이 무슨 의미가 있겠어.'

머리로 이해하는 건 쉽다. 고개를 끄덕여주는 것도 어렵지 않다. 하지만 움직여야 한다면, 참여해야 한다면, 그래서 바꾸거나 변화해야 한다면, 그것은 다른 문제가 된다. 캠페인이 일상의 등을 떠밀 때, 구호와 선전이 동참과 참여의 언어로 바뀔 때, 듣는 자는 망설이게 된다. 올바른 그 말이 싫어진다. 부담스럽다. 번거롭기만 하다. 남에게 피해 주지 않고 그냥 이대로 조용히 살다 적당히 죽고 싶은 마음뿐.

어떻게 하면 문제의식을 넘어 문제를 풀 수 있을까? 어떻게 해야 문제를 풀어보겠다는 마음을 갖게 되는 걸까?

배움이 필요하다. 앎이 필요하다. 더 정확한 정보와 통계들? 아니. 전문가의 소견과 활동가의 외침은 광고처럼 여기저기에서 흘러나오고 있다. 거대한 섬과 산으로 변한 쓰레기들. 플라스틱과 비닐에 죽어가는 거북이와 고래. 빙하가 무너지고 북극이 우는 소리. 볼 만큼 봤고 들을 만큼 들었다. 지식의 앎이 아니라 감각의 앎이 필요하다. 아무리 경고해도 손으로 만져봐야만 뜨거운 것을 아는 생물. 겪기 전에는 그것이 무엇인지 모르고 알고 싶어 하지도 않는 생물. 우리에겐 예상과 예감을 현실과 실제로 느낄 생생함이 필요하다. 감지하는, 감지되는, 감각의 지식. 실제로 행동이 멈추고 새로운 행위를 만들어내는 진짜 앎이 필요한 것이다.

　돌이켜보면 내가 꼽은 1순위는 대체로 날씨와

　연관이 되어 있어. (「1순위의 세계」)

　날씨란 무엇인가. 그것은 일상과 무관하게 그려진 세트장의 배경이 아니다. 인간의 삶. 그러니까 행동, 마음, 감정과 기분, 잠과 꿈까지 연관되어 있다. '비가 오면 우산을 쓰고 햇빛이 강하면 선글라스를 쓰면 돼. 더우면 에어컨 켜고 추울 땐 히터를 켜면 돼.' 하지만 비와 빛은 피부에만 닿는 게 아니고 살 속에 흡수된다. 뼈에 스미고 피를 바꾼다. 롤랑 바르트는 『마지막 강의』에서 '뉘앙스'라는 단어에 하늘과의 관계성이 내포되어 있다고 말했다. 또한 뉘앙스Nuance의 어원은 라틴어 'nubes(구름)'로, 하늘 위 구름의 모습이 계속 변화하는 데서 유래

한다고도 전해진다.

우리는 안다. 말보다 말을 둘러싼 뉘앙스가 진짜 말이라는 것을. 사물과 풍경에 빛이 관여하는 것처럼, 기분과 감정에 물과 불이 연관되어 있는 것처럼, 뉘앙스는 텍스트보다 우위에 있다. 좋다고 해도, 싫다고 해도, 우리는 그 말을 다 믿지 않고 얼굴을 살핀다. 표정에 깃든 빛과 그림자를 보려 한다. 그것이 진짜 언어라는 것을 알기 때문이다.

때문에 기후는 인간에게 중요하다. 행위와 의지와 결심과 마음과 마음가짐보다 중요하다. 집을 꾸미고, 물건을 사고, 옷을 고르고, 몸을 만들고, 음식에 대해 고민하는 것처럼, 아니 그보다 훨씬 더 기후에 관심을 가져야 한다.

2.
김기창 소설집 『기후변화 시대의 사랑』에서 보여주는 세계와 인물들의 모습은 다음과 같다.

241

역대 최악의 폭염이 해마다 갱신된다. 서남극의
빙상은 녹고 해수면은 점점 높아진다. 수온 상승
으로 산호초를 비롯한 수많은 생물들이 죽어간다.
해빙 곳곳에 균열이 생기고 북극곰의 하얀 털은
갈색으로 변해간다.

바람이 불어오는 곳을 향해 웃으며 뛰어가던
시절, 계절에 순응하며 곁에 다가온 것들을 있는
그대로 받아들이던 시절, 폭서와 혹한이 찾아와도
견딜 수 있고, 이 또한 지나가리라는 믿음이 있던
시절은 바다 저편의 등대 불빛처럼 희미했다.

(「하이 피버 프로젝트」)

지속 가능한 생존이라는 전제 아래 높고 단단한
벽이 사방을 둘러싸는 돔시티가 만들어졌다. 그것
은 사람들을 보호하는 울타리였지만 모두의 울타
리는 아니었다. 누군가는 강제 추방되었다. 급격한
기후변화는 화성 이주 계획을 지구에서 실천하게
했다. 사람들은 분노의 안전장치를 제거한 듯 이성

을 잃고 분노한다. 가난한 자들은 '타인의 축제를 위해 노역하는 일꾼들처럼' 탑을 쌓고 굴을 팠다. 점점 더 많은 땅을 파 내려가는 일. 점점 더 높은 탑을 쌓는 일. 삶은 점점 더 힘겨워졌다. '사람들을 속아내면서 이미 내전은 시작됐다.'

건드리면 큰일이 나는 '지구의 버튼'이라도 누른 것은 아닐까? (「소년만 알고 있다」)

그러나. 그럼에도 불구하고. 지옥처럼 변한 뜨겁고 차가운 그 세계에서도 사람은 살고 그곳에도 삶이 있다. 끝났어도 끝내지 않고 불가능해도 멈출 수 없다. 방법이 없지만 방법을 찾고 희망이 없지만 절망하지 않으려 한다. 그들은 여전히 몸부림치고 애를 쓴다. 사랑할 수 없는 곳에서 사랑을 하고 무너진 성의 잔해들을 골라 다시 쌓기 시작한다.

혹한이 닥쳤을 때, 땅을 파기 시작한 이들은 한 쌍의 어린 연인이었다. 그들은 가난했고, 어딘가를 향해 맹렬히 달아나고 싶어 했다. (「굴과 탑」)

　종말이 진짜로 왔다고 가정해본다. 아무것도 할 수 없고 내일을 믿을 수 없는 그때 사람은 무엇을 할 수 있을까? 무의미한 내일이 오늘의 의미를 앗아가게 될까? 사랑에 빠진 이들의 몸과 마음에서 열기가 사라질까? 욕망도 감정도 돌덩이처럼 차고 무겁게 변하게 될까?

　……아닐걸? 나무 심는 자는 계속 나무를 심을 거다. 빨래를 하고 음식을 하고 출근을 하고 쓰던 글을 마저 쓸 거다. 사랑하는 이들은 더 사랑하려고 파고들 거다. 어차피 죽을 거 미리 죽는 자가 어딨나. 먹어도 곧 배고플 테니 안 먹는 자가 어디 있단 말인가. 인간은 내일 때문에 오늘을 포기하지 않는다. 머리로는 수도 없이 포기해도 몸과 마음으로는 결코 그렇게 하지 않는다. 영화 〈퍼펙트 센스〉에서는 인간에게 감각이 사라짐으로써 종말을 맞는다. 보고 만지고 맡고 듣고 맛보는 것이 뭐 그렇게 중요하냐 싶지만 그것이 사라질 때 인간은 인

간성을 잃고 삶의 의미를 잃어버린다. 맛을 잃은 소금처럼 스스로 바닥에 떨어진다. 그럼에도 불구하고 한 연인은 사랑을 잃지 않았다. 오감을 잃었지만 감정의 감각은 남아 있었고 기억의 느낌은 살아 있었던 것이다.

기후변화의 시대에서 소설이 무엇을 할 수 있을까? 지구의 운명과 인류의 미래가 불안한 이 시대에 소설이라니. 고도의 과학과 정교한 수학을 총동원하여 진지하게 고민해도 모자랄 판에 소설이라니. 그런데 생각해보자. 듣고 아는 것이, 듣고 아는 것에만 그치면 무슨 소용이 있단 말인가. 앎이 마음이 되고 마음은 결심과 행위로 이어져야 한다. 감동感動이 필요하다. 단어가 뜻하는 그대로다. 감정이 움직여야 행위가 달라지고 시간도 미래도 달라질 수 있다. 소설은 관념으로 인지하는 것을 감정으로 알게 해준다. 생각으로 이해하는 것을 감각으로 느끼게 해준다. 뜨겁다, 는 전망을 통증의 언어로 바꾸고 수치와 숫자로 가득한 예견에 일상의 디테일을 부여한다. 현실을 담아내고 미래의 현

실을 보여주는 건 소설만의 역할은 아니다. 하지만
어떤 소설은 독자로 하여금 이 모든 것을 느끼게 함
으로써 이전에 없던 감각기관을 갖게 한다.

3.

사람들은 죽기 전 자식들에게 말했다. 그곳에
있는 존재들은 죽은 게 아냐. 잠들어 있는 거야.
우리가 이 세상에 존재하지 않고, 네가 낳은
아이들, 그 아이들이 낳은 아이들도 세상에
존재하지 않게 되었을 때, 얼음이 녹을 거야.
그때 여기 있는 모든 존재가 잠에서 깨어날 거야.
우리는 사라지는 게 아냐. 얼음 속에서 영원과도
같은 잠을 자는 거야. 그러다 때가 오면 깨어나는
거야. 우리는 그때 다시 만날 거야. 그때가 오면
반드시 다시 만날 거야. (「약속의 땅」)

얼음은 돌이 아니다. 얼음은 무의미가 아니다.
얼음은 죽어 있는 상태가 아니다. 얼음은 잠이고

꿈이고 영원이다. 언제나 미래면서 지금 당장 물이 될 수 있는 현실이다. 얼음은 다시 물이 되고 땅에 스며들고 공기가 되고 바람을 일으키는 자연의 씨앗이다. 얼음은 생물들의 몸속에 흡수되어 피가 되고 살이 되는 생명의 시작점이다. 얼음이 녹아 사라진다는 것은 정말로 사라지는 것이다. 의미의 무한한 가능성이 무의미함으로 증발하는 것이다. 보석보다 귀하고 빛나는 물질이 어둠과 허무 속으로 스러지는 것이다.

그러니 사람들아. 우리는 얼음을 헛되이 녹게 해서는 안 된다.

나는 몇 해 전부터 몇 가지 삶의 양식을 바꾸면서 플라스틱을 줄이는 데 애를 쓰고 있다. 종이컵 대신 텀블러를 사용하려 하고 비닐을 쓰지 않으려고 에코백을 가방에 넣고 다닌다. 플라스틱 칫솔 대신 대나무 칫솔을, 샴푸나 바디워시 대신 샴푸의 기능을 대신할 비누를 사용한다. 처음에는 내가 이렇게 하는 것이 무슨 의미가 있나 싶었지만 몇 계절의 시간을 헤아려보니 나 하나가 줄인 플

라스틱과 비닐의 양은 상당했다. 나는 안다. 한 번
의 행위는 아무것도 아니다. 미미하고 무력하다. 하
지만 그것이 삶의 양식이 되고 습관이 되면 결코
작지 않을 것이다. 생각해보면 이걸 언제 다 할 수
있을까, 싶었던 일도 계속하면서 해냈었다. 높은
산도 그렇게 올랐고 불가능하다고 믿었던 일도 더
러 해낼 수 있었다.

　그러나 너무 부족했다. 나 혼자 아무도 모르게
하는 소소한 실천 말고 더 많은 일을 하고 싶었다.
그때 이 책을 만났다. 소설을 귀하다고 해도 될까?
소설에게 고맙다고 해도 될까? 아무튼 나는 이 책
의 마지막 장을 덮고 속으로 중얼거렸다.

　'귀한 소설이다. 고마운 소설이다.'

　도서관에서 책을 빌리면 깨끗하게 읽고 고마운
마음으로 약속한 시간에 반납해야 한다. 이건 상식
이고 기본인데 혹시 왜 그래야 하는지 모르는 사람
이 있을 것 같아서 짧게 이유를 설명해보려 한다.

첫째. 값을 지불하지 않았는데 책의 모든 것을 볼 수 있었기에 당연히 고마워해야 한다.

둘째. 책과 함께한 시간 탓에 내 책처럼 느껴질지 모르지만 그것은 내 책이 아니다.

셋째. 다음 사람이 읽을 예정이기 때문이다.

지구도 도서관에서 빌린 책과 같다. 소중하게 열심히 사용하자. 그리고 다음 사람에게 깨끗하게 돌려주자.

나는 사랑해서는
안 될 소설을 향해
나아가고 있습니다

Dear. K

　소설은 이렇게 흘러가. 4도에서 5도로, 마이너로
떨어졌다가 메이저로 올라오지.
　당혹스러운 K는 『Love Noise』를 작곡했지.

　……우리가 뱉어낸 모든 숨결이 『Love
　Noise』였어요.*

＊　제프 버클리, 〈할렐루야Hallelujah〉에서 변용.

당신의 언어에 목소리를 실어 말하는 나는 복화술사. 몇 밤과 몇 날 그리고 몇 개의 구름과 새벽 동안 당신이 쓴 글을 읽고 당신이 하는 말을 들었습니다. 그동안 나는 꿈과 잠이 섞이고 말과 글이 뒤엉킨 이상한 바보 같은 것이 되어 오늘과 어제를 구분할 수 없는 벌거숭이가 되고 말았어요. 그러니 반쯤 취해 반쯤은 다른 영과 혼으로 말하고 쓰는 나를 이해해주세요. 당신을 베끼는 내 말과 글. 사랑이구나, 생각해주세요.

현실이 소설을 압도하는 정오의 시간입니다. 지지부진한 현실의 목소리가 하모니와 코스모스가 되어 졸졸졸 흐르는 냇가에 당신은 홀로이 앉아 있어요. 당신은 무슨 일로 그리합니까? 무엇을 생각합니까?

나는 무엇을 생각합니다. 얼마나 더 많은 이야기들이 밝혀지지 않은 채 가라앉아 있을까요? 많은 말을 하고 싶지만, 더 많은 말을 쓰고 싶지만, 찢어

내듯 뮤트하고 부탁합니다. 계속 당신의 이야기만 써주세요. 무엇을 쓰든 그 손은 부드럽고 아름다울 거예요. 규칙과 형식이 깨진 자리에 새롭게 돋는 규칙과 형식. 그곳에 작은 이야기, 작은 눈송이, 작은 사람, 그리고 작은 목소리가 있다는 것을 압니다. 만지면 가시가 돋는 이야기라고 했지요. 만지면 마음속에 피어나는 붉은 꽃은 대체 무엇인가요. 손가락에 맺힌 붉은 것을 핏방울이라 호들갑떠는 이들이 고래고래 노래하고 있어요.

나는 모자를 잃어버린 겨울 사냥꾼. 당신은 커다란 금관악기를 손에 든 악사. 이것은 소설입니까. 소음입니까. 쇠로 만들어진 기계 같은 구불구불한 벨에서 태어난 소리가 나무에서 태어난 그것보다 부드럽고 축축하다니. 멜로디도 없고 코드도 없는데 그것은 물소리처럼 졸졸졸 흐릅니다. 세상에, 기가 막혀요. 현과 북과 건반에서 나는 소리처럼, 쾅쾅쿵쿵 천둥과 번개처럼, 딱딱 맞아떨어지다니!

내가 읽어낸 것은 다음과 같습니다.

플러스와 마이너스는 각각 아름다워요. 그 둘이 더해지면 허공이 됩니다. 그 둘을 곱하거나 나누면 영원이 되고, 둘을 한자리에 놓고 말하면 하나가 됩니다. 플러스와 플러스. 마이너스와 마이너스. 그것은 쉽게 셈할 수 없는(있는) 수학. 코드가 뒤섞인 음악. 끝내주는 문학입니다.

읽는 소설. 듣는 소설. 보는 소설. 모두 예쁜 소설들.

1도에서 4도 그리고 5도로 진행되지 않아도 모두 예쁜 하모니.

노이즈라니요. 러브 노이즈입니다.

당신은 사랑해서는 안 될 소설을 써나가세요.

나는 사랑해서는 안 될 소설을 향해 나아가겠습니다.

253

From. J.

P.S. 제가 보고 싶을 땐 두 눈을 꼭 감고 나즈막히 소리 내어 휘파람을 부세요.*

* 정미조, 〈휘파람을 부세요〉.

서술자들이여
우리가
다정해지자

　나는 이 책을 읽고 서평을 써야 한다. 책의 주요 내용을 알려주고 독서의 경험을 나눠야 한다. 정보가 아무리 많아도 어쨌든 한 권이고, 감상이 아무리 복잡해도 '좋았다' '아쉬웠다' 정도로는 말할 수 있기 마련이다. 그런데 나는 『다정한 서술자』를 읽고 곤란함을 느꼈다. 뭘 쓴다는 것이 어려웠다. 아니, 무엇을 쓰기 전 생각과 마음을 오가는 것을 정리하는 것조차 버거웠다. 챕터 하나 읽었을 뿐인데 바로 무엇인가를 쓰고 싶었고, 두 번째 챕터를

255

읽었더니 쓰려던 글의 주제를 바꾸고 싶었다. 세 번째 챕터까지 읽었는데 아직도 두툼하게 많이 남은 책의 분량을 손가락으로 만져보면서 오랜만에 차고 넘치는 만족감과 약간의 흥분을 느꼈다. 그리고 알았다. 나는 이 책을 약속된 분량과 형식에 맞춰 알맞고 적절하게 소개할 수 없을 것이다. 조금 읽은 것으로도 감상은 이미 터질 듯 넘쳤고, 남은 부분에서 겪게 될 것은 무엇일지 상상하기가 쉽지 않았다. 최근에 이토록 마음이 일렁이는 책을 읽은 적은 없었다. 작가의 사유와 문장을 통과하고 나면 그보다 훨씬 더 많은 문장이 거품처럼 차올랐는데 거기가 마음인지 머리인지도 헷갈렸다. 나는 많이 말하고 싶었다. 그것에 관해 길고 긴 수다를 떨고 싶었다. 탁월했다. 아름다웠다. 상세하면서도 예리했다. 풍부하면서도 군더더기가 하나도 없었다. 독후에 오는 감정과 감각이 크고 강해서 진술하기가 쉽지 않다. 결론적으로 나는 포기한다. 이 책의 감상을 일목요연하게 정리할 수 없다.

최소 세 명 이상의 매력적인 서술자를 만났다. 각 서술자를 만날 때마다 이자에 대한 내 생각과 감상을 써야겠다고 다짐했다. 말하고 싶어 입술이 간질간질했다. 실제로 그에 관해 글을 쓰기 시작했다. 하지만 쓰는 도중에 두 번째 서술자를 만났고 다시 세 번째 서술자를 만났다. 그들에 관해 쓰기에는 이 지면이 너무 비좁다. 모두 소개할 수는 없으나 당신이 이 책에서 반드시 만나봤으면 하는 서술자들은 다음과 같다.

첫째. 존 쿳시의 소설 『엘리자베스 코스텔로』에 나오는 '엘리자베스 코스텔로'.

등장인물이자 서술자인 그는 작가보다 작가 같았고 실존하는 인간보다 생생했다. 때문에 픽션은 논픽션보다 사실적으로 느껴졌다. 그가 소설을 통해 하는 말은 논리를 갖춘 이론보다 체계적이고 어떤 구호와 캠페인보다 설득적이었다. 그가 전하는 문제의식은 소설 속 청중에게는 공허하게 들렸을지라도 독자에게는 강하게 이입되어 마침내 흡수,

전염, 이식됐다. 그리하여 허구의 목소리는 읽는 자의 마음이 되고 감정이 되고 어쩌면 몸의 일부가 됐다.

(십수 년 전 『엘리자베스 코스텔로』를 처음 읽었을 때는 어려웠다. 좋았는데 왜 좋은지 알 수 없었고, 딱 집어 설명하기 힘든 기이함과 아름다움을 갖추고 있었다. 이게 소설인가, 싶으면서도 이보다 나은 소설을 찾지 못했고, 인물과 작가 사이가 이렇게 가까워도 되나, 싶으면서도 그 거리감의 실종이 소설을 소설답게 만드는 설득력의 근거가 됐다. 나는 어떤 목소리에 홀렸다. 그런데 그는 누구였나. 작가라면 지나치게 소설에 흡착되어 있고 인물이라면 이야기에서 너무 벗어나 있었다. 이성이면서 감성이고, 논리면서 동시에 감정인 이상한 목소리. 그런데 『다정한 서술자』를 읽고 드디어 당시 내 감상이 어찌하여 그토록 모호하고 헷갈렸는지 이유를 알 수 있었다. 작가도 아니었고 인물도 아니었다. 바로 서술자였다.)

둘째. 인안나의 여사제이자 아카드 사람인 '엔헤

두안나'.

거의 4500년 전에 쓰인 이야기가 현시대를 살아
가는 사람의 인생과 닮아 있다. 독자는 옛날이야
기라 생각하고 한발 떨어져 눈으로 활자를 무심히
읽어가다가, 자신도 모르는 사이 텍스트가 넓게
펼치는 공감의 그물에 걸리고 이상한 교집합 속
에 갇혀 깊고 복잡하게 감흥한다. 이상하지. 고대
의 서술자가 겪고 말하는 지극히 개인적인 체험을,
그에 얽힌 절망과 체념을, '지금'과 '여기'를 살아가
는 이들과 보편성으로 연결되고 공통점으로 모일
수 있다니. 이게 어떻게 가능한가. 서술자에게 시간
이란 무엇일까. 그에겐 혹시 시간이 분절되어 있지
않은 걸까? 낮과 밤과 계절이 하나로 인식되는 걸
까? 아니면 시간을 초월할 수 있는 초능력이라도
있는 걸까?

셋째. 창세기의 서술자.

"태초에 하나님이 천지를 창조하셨느니라"라
고 말하는 서술자는 누구일까. 그는 누구길래 신

을 이야기의 바깥에서 바라보고 있단 말인가. 그의 눈동자는 신보다 높은 곳에 있는 걸까? 태초의 흑암과 그 희미한 운행을 볼 수 있을 정도로 밝다는 게 가능한가? 그의 입술은 태초부터 존재하는 신의 이야기를 어떻게 삼인칭으로 서술할 수 있을까? 심지어 "보시기에 좋았더라"고 말하는 목소리. 신의 마음을 헤아려 단언한 뒤 영원한 문장으로 남길 수 있는 목소리는 누구의 것일까? 기원의 기원. 원형의 원형. 태초의 태초. 그것을 알고 상상하고 묘사하고 진술하는 목소리. 머리 위 하늘은 비어 있나. 채워져 있나. 나는 바보다. 모르면서 안다. 똑똑한 바보다. 이해하지 못하는 이해를 통해 믿음을 구성하며 살고 있다니.

『다정한 서술자』는 그동안 누구도 답해주지 못했던(어떤 답도 시원찮았다) 오래된 나의 질문에 관한 길고 상세한 답변서였다. 또 이 책은 언젠가는 반드시 명확하게 답하고야 말겠다는 오래된 내 대답의 길고 상세한 해설이었다. 그러니까 나는 이

260

책을 통해 질문에 대한 답도 들었고 마음속에 품고 있던 대답의 논리를 보다 단단하고 정교하게 만들 수 있었다. 좋은 책 많이 읽었지만 이렇게 생생하고 뜨겁게 무엇인가를 주고받는 독서는 오랜만이었다. 읽어가는 내내 어떤 씨름을 하고 있는 것 같았다. 생생하게 몸을 써서 읽어가는 그 느낌이 기뻤다.(너무 뒤엉켜서 피곤하기도 했지만.)

언젠가부터 나는 작가도 인물도 아닌 서술자라는 존재를 인식하기 시작했다. 그동안 알게 모르게 어렴풋이 받아들였던 소설의 문체. 스타일. 뉘앙스. 목소리. 분위기. 시적이고 음악적인 어떤 흐름과 느낌. 등등의 정체를 명확하게 설명할 수 없었다. 작동 원리도 몰랐고 그것을 가능케 하는 것이 작가의 인식인지 인물의 개성인지도 몰랐다. 독자가 책을 만나 사랑에 빠지고 단숨에 어떤 감정 안으로 진입할 때 그 근거는 무엇일까? 소설의 내용이겠지, 싶다가도 소설을 처음부터 끝까지 다 읽은 다음에 감정을 결정한 경험이 내게는 없다. 겨우 몇 장 혹은 단어 몇 개만 봐도 호감은 발생하니

261

까. 그러니까 좋아서 좋은 것이 아니라 좋을 것 같
아서 좋다는 것이 더 정확하다. 그렇다면 내게 그
런 기분을 느끼게 하는 존재는 누구란 말인가? 목
소리가 들렸는데 뒤돌아보면 사라지고 없는 유령
같은 존재는 말 그대로 유령일까?

　'스토리텔링'이라는 용어 속에 이미 서술자의 비
밀이 숨어 있다. 독자가 좋아하는 건 '스토리'가 아
닌 '스토리텔링'이다. 스토리가 전해지는 방식. 다
시 말해 텔러가 스토리를 들려주는 말과 목소리
다. 그렇다면 스토리텔러는 작가일까? 글쎄. 모르
겠다. 텔러는 작가가 만들었지만 때로는 텔러가 작
가를 만들기도 한다. 텔러는 작가에서 나온 존재
처럼 보이지만 어쩌면 작가는 텔러로부터 발생한
존재일 수도 있다. 텔러는 작가에게 쓰기를 종용하
기도 하고 때로는 작가의 입을 막기도 한다. 텔러
는 인물 속으로 들어가 인물의 삶을 살기도 하지
만 인물에서 살짝 벗어나 혹은 더 깊이 들어가 인
물 스스로도 모르는 마음을 말하기도 한다. 이 서
술자는 단순히 이야기를 기계처럼 읽어나가는 존

재가 아니다. 하나씩 퍼즐을 맞춰 전체 이야기를
완성하는 건축가도 아니다. 서술자의 입을 통해 발
화되는 이야기는 정보와 지식의 역할을 훌쩍 뛰어
넘는다. 이야기라는 음악. 이야기라는 음성. 이야기
라는 색채. 이야기라는 철학. 이야기 속에 깃들 서
술자의 어떤 주장. 독자를 향해 은밀히 남겨놓은
암호. 절절한 마음으로 한 글자씩 적어 내려가는
편지. 이야기의 독후감. 긴 세월 살아남아 이야기
와 이야기를 타고 전해지는 어떤 DNA.

서술자는 이야기를 탄생시키는 창작자인 동시
에 이야기를 연결하는 매개자다. 머릿속으로만 맴
돌던 형상과 이미지를 보이고 존재하도록 물리적
으로 구성하면서도, 그 물리적 세계가 얼마나 비이
성적이고 원시적이고 환상적인지, 살아 있는 자들
은 얼마나 많은 영혼들과 함께하는지, 시간은 시
각과 시계 속에 갇혀 있지 않으며 과거는 현재에게
현재는 미래에게 미래는 다시 과거에게 얼마나 많
은 영향을 주는지, 아니 그것들은 어쩌면 하나의
얼굴 안에서 표정만 바꾸는 살아 있는 존재일지

도 모른다고 독자들에게 말해준다. 서술자의 말을 들으면 독자들은 발견하게 된다. 문장 속에 공기도 있고 어둠도 있고 빛도 있고 세상에, 얼굴도 있다니. 그 얼굴, 웃고 울고 나와 눈을 마주치는 깊은 눈동자가 있구나. 그 눈동자에 비친 내 눈동자. 이토록 깊고 복잡했다니.

이 책을 읽고 작가로서 내가 새롭게 생각한 것은 다음과 같다.

일인칭을 절대로 포기하지 말자. 하지만 동시에 일인칭의 협소한 세계에 갇혀 있지 말자. '나'라는 주체. '개인'이라는 입장. 중요하고 고유하지만 그 고유성과 중요성이 얼마나 타인을 상처 주고 무시하는지도 잊지 말자.

삼인칭을 절대로 포기하지 말자. 하지만 동시에 삼인칭의 안전한 거리감에 안주하지도 말자. 무감하지 말자. 발견하고 목격한 것에 대해 책임감을 갖자. 서술자는 사건을 묘사하는 자가 아니라 목격한 것을 마음을 담아 말하는 자니까.

사인칭의 마음을 갖자. 서사에서 시점은 단순히 기능과 도구가 아니다. 인물의 눈동자다. 그 인물을 바라보는 피가 도는 눈동자다. 눈동자에는 의지가 있고 마음이 실려 있으며, 필요하다면 말하고 다가서게 만드는 힘을 지니고 있다. 살아 있는 렌즈다. 살과 뼈와 시간과 꿈 속으로 침투하는 환청이 아닌 진짜 목소리다. 눈동자에 힘을 실어주는 빛이고, 초점을 맞추고 줌인 혹은 줌아웃을 가능하게 하는 능력이다. 눈동자에 담은 것을 마음에도 담고, 그 단상을 상상과 연상으로, 나중에는 이야기로까지 만들어내는 창조자다.

　어쩌면 작가가 회복해야 하는 능력은 개인에게 집중하는 일인칭도, 이 세계를 조명하고 조망하는 삼인칭도 아니다. 왜 나는 그것에 대해 말하려고 하는가. 내 안의 서술자는 어찌하여 내 삶보다 크고 강력한가를 고민하고 인식하려는 게 아닐까? 서술자가 이야기와 독자를 향해 쏟는 그 마음이 나와 타인이 함께 있는 세계를 바라볼 때, 그것은 버드아이즈 뷰를 넘어 인간이 막연하게 상정하고 있는 신의 시선을 발견할지도 모른다. 신은 만들고 그저 지켜보는 자가 아니다. 몸을 주고 영과 혼을 주고 이름을 주고 시간을 주는 자이고, 그 모든 것을 좋아하는 자다. 인간을 따라다니며 간섭하고 애쓰고 감정을 쏟는 자다. 나중엔 그 마음이 너무 커서 진짜 인간이 되어 스스로 인물이 된 서술자다.

『다정한 서술자』의 저자 올가 토카르추크는 이 시대의 작가들에게, 작가들 안에 살아 있는 서술자들에게, 요청하고 있다. 부탁하고 있다. 때로는 명령하고 있다. 그리하여 우리는 다정해져야 한다고. 서술자가 전하는 것은 이야기만이 아니라 이야기에 실린 그 무엇이고, 그것은 읽는 자들의 삶에, 꿈에, 환상에, 감각에, 감정에, 비처럼 빛처럼 스며들어 마음이 되고 몸이 되므로 우리가 다정해지자고.

대답하소서

경전이 아닌 서사의 한 양식으로만 볼 때 성경 66권 중 문학적인 느낌을 주는 작품은 무엇일까? 창조 설화가 신비롭고 경건하게 기술된 「창세기」도 떠오르고 인간의 슬픔과 탄식, 신과 자연에 대한 찬사를 아름다운 언어로 표현한 「시편」도 생각난다. 모든 것이 헛되고 헛되다는 염세적 기운으로 가득한 「전도서」와 고래 배 속에 다녀온 인물이 나오는 「요나서」도 있다. 하지만 누군가 내게 가장 문학적인 작품이 무엇인가?라고 묻는다면 「욥기」라고 답하겠다. 정확하게 말하면 소설적이다. 그러니까 「욥기」는 내게 너무도 '소설적'으로 읽히고, 독후에 오는 감각도 '소설적'이다.

「욥기」는 욥이라는 인물에 초점을 맞추고 있다. 욥이 이랬다, 저랬다 식의 외부 행위도 기록되어 있고, 행위 이면에 감춰진 복잡한 내면도 표현되어 있다. 때문에 욥의 행위의 진의와 마음에 대한 강력한 의문과 아이러니가 발생한다. 그리고 무엇보다 '이해할 수 없음과 받아들일 수 없음'의 인간적 입장과 '그럼에도 불구하고 받아들이고 감사하라'라는 신적 입장이 맞서고 있다.

이야기는 다음과 같다. 욥은 '온전하고 정직하여 신을 경외했다'. 신은 너무도 당연하게 '악에서 떠나 있는' 욥을 사랑하고 자랑스러워했다. 그런데 사탄이 반론을 제기한다. '까닭 없는 사랑은 없습니다.' 신이 '베풀어줬기 때문에 사랑하는 겁니다'. 신이 사탄에게 말한다. 그럼 '시험해봐라. 다만 생명은 해하지 말라'. 한편 신과 사탄의 거래를 알지 못하는 욥은 느닷없이 아들 일곱과 딸 셋을 잃고 재산도 잃게 된다. 게다가 피부엔 종기가 생겨 재 위에 앉아 기왓장으로 간지러운 몸 구석구석을 긁는 신세로 전락하고 만다. 결과적으로 욥은 시험을 통과한다. 신의 믿음대로 신을 원망하지 않고 인내하고 기다린다. 친구들과 아내가 신을 욕하고 저주하라고 유혹했을 때도 욥은 침묵했다. 신은 욥이 잃었던 것을 모두 회복시켜 줄 뿐만 아니라 전보다 더 많은 축복을 내린다.

단순하게 해석하고 순진하게 받아들인다면 교훈적이다. 끝까지 인내하고 신을 믿었더니 결국 축복을 받게 된다는 해피엔딩. 어쨌든 욥은 시험을 이겨냈고 신에게 이렇게 고백한다. "내가 가는 길을 그가 아시나니 그가 나를 단련하신 후에는 내가 순금같이 되어 나오리라." 욥의 이 고백은 실제로 「욥기」에서 가장 유명한 구절로 독자들이 너도 나도 밑줄을 긋는 명문장이다. 그런데 자세히 읽어보면 욥의 태도는 묘한 구석이 있다. 정확한 속을 모르겠다. 신을 원망하지 않지만 자신의 존재 자체를 부정하고 슬퍼한다. 차라리 존재하지 않았다면 이렇게 고통스럽지도 않을 텐데. 차라리 '태에서 죽어 나오지 아니하였다면' 좋았을 텐데. 계속 스스로를 탓한다. 그리고 신에게 묻는다.

"왜. 내게 이런 일이 일어났습니까? 대답해주소서. 제발. 제발."

때문에 「욥기」의 독자는 의구심에 빠져들게 된다. 이걸 어떻게 이해해야 하는가? 욥의 행동과 반응은 의로운가. 신의 계획과 의도는 정의인가. 생각하면 할수록 커져가는 의문은 무조건 신의 편에 서기로 결심한 자들조차도 쉽게 '아멘' 할 수 없는 정서적 벽을 만들어낸다.

이기호의 소설 『목양면 방화 사건 전말기—욥기 43장』은 「욥기」에 대한 패러디다. 동시에 현대판 욥(최근직 장로)의 서사를 통해 욥의 처지와 마음을 '오늘의 인간'에게 투사하고 있다. 나아가 「욥기」에 얽혀 있는 그 '소설적인' 질문을 소설이라는 형식을 통해 다시 질문함으로써 소설적인 의견을 내놓고 있다. 고통을 겪는 인간이 신에게 항의할 때 신

은 침묵한다. 그러나 인간은 기도를 멈추지 않는
다. 왜? 고통이 그치지 않기 때문이다. 이쯤 되면
기도는 항변에 가까워진다.

　　말해보소서.

　　이건 너무하지 않나이까.
　　한 명도, 한 명도 남겨놓지 않아야 했나이까?
　　정녕 그래야 했나이까?
　　내 아내와 내 아이가 죽어갈 때 느꼈을 고통을
　　이제는 내가 느끼나이다.
　　얼마나 아팠을지, 얼마나 뜨거웠을지, 내가
　　온몸으로 느끼나이다.
　　아무 죄 없는 아이들의 고통을 내가 똑같이
　　느끼나이다.

　　나는 이 대목에서 책장을 덮고 한참 동안 생각
에 잠겼다. 그리고 자연스럽게 「욥기」의 인물들을
떠올리게 됐다. 욥은 그렇다 치자. 어쨌든 시험을

271

이겨냈고 정금같이 나아갔으며 나중에 잃었던 모든 것을 되찾았으니까. 그런데 이야기 초반에 등장하는 아들 일곱과 딸 셋은? 그러니까 그들은 오직 욥을 시험하기 위해 죽어야 하는 존재였단 말인가? 그들은 그저 욥의 열 명의 자식으로 볼 수도 있지만 분명 각각 다른 이름을 가진 고유한 존재였다. 나중에 욥에게 다시 열 명의 자식이 생겼다 한들 그 자식들은 잃어버린 자식들이 아니다.

나는 확신한다. 욥이 이야기 속에서만 존재하는 허구의 인물이 아닌 정말 인간이었다면, 죽는 그 순간까지 잃어버린 자식들로 인해 고통을 겪었을 것이다. 보고 싶었을 것이고 때론 그들의 죽음으로 인해 죄책감에 시달렸을지도 모른다. 이 모든 의문과 인간의 의구심 앞에서 신은 엉뚱하게 대답한다. 그저 신의 신다움만 강조할 뿐이다.

최근직도 같은 고통을 겪고 있다. 그럼에도 불구하고 그는 신의 뜻을 끝까지 손에 쥐고 버리지 않는다. 그는 기도할 뿐이다.

잔혹하신 하나님 아버지 보소서.

이제 다 되었나이까.

굽어서 나를 보소서. 침침한 골짜기와 흙구덩이에

무릎 꿇은 나를 보소서.

당신께서 완력으로 핍박하신 내가 이제 여기에서

끝을 보고자 하나이다.

이것이 주의 뜻입니까?

이것이 당신의 뜻이라면 그 뜻이 닿기 전에 내가

먼저 의지를 보이리다.

내 의지로 당신을 찾아가 그 이유를 물으리다.

　삶은 고통의 연속이다. 인간사는 비극이다. 이해
할 수 없는 일들로 인해 인간은 어려움에 처하고
대부분 그것들은 해결할 수 없는 종류의 것이다.
이런 닳고 닳은 빤한 문장들은 인류가 이야기와
문학을 통해 오래전부터 지금까지 반복적으로 발
견한 위대한 깨달음일 것이다. 그러나 고통의 문제
는 누구에게나 개인적으로 발생하며 감각된다. 다
시 말해 그런 깨달음과 인간에 대한 보편적 이해

와 앎은 고통 앞에서 하나도 쓸모가 없다. 욥은 고
통에 몸부림쳤고 최근직도 고통에 몸부림쳤다. 그
들이 그저 허구의 존재라고만 말할 수 있는가. 그런
종류의 고통은 이야기 속에서만 발생하는 그야말
로 소설 같은 것이지, 라고 누가 무시할 수 있는가.

나는 이 소설을 읽고 이기호의 대체 불가한 가
치를 다시 한번 확인했다. 이기호는 겉으로 볼 땐
실없고 웃음이 나는 이야기를 구상하면서 그 밑으
로는 굉장히 풀기 힘든 인간의 조건과 까다로운 문
제의식을 폭약처럼 숨겨둔다. 독자들은 해프닝처
럼 지뢰처럼 숨은 작가의 의도를 밟은 뒤 멈춰 서
게 된다. 한참 웃다가 웃음기가 사라진 얼굴로 골
똘히 문장을 곱씹어야 한다. 그는 소설을 통해 희
극 같은 일상다반사를 교묘하게 비극으로 바꾼 뒤
어차피 다 희극일 뿐인데 뭐 그렇게 심각하냐는 식
으로 스스로 긴장을 풀어버린다. 느슨해지고 별것
아니게 된 그야말로 웃픈 지점. 그곳이 바로 이기
호의 자리다.

뫼르소에게
묻는다

마음을 보여줄 수 없어 인간은 슬프다. 내면과 이면에 존재하는 그것들은 말해지지 않으면, 표현되지 않으면, 존재하지 않게 된다. 나는 내가 복잡하다는 것을 알지만 타인의 복잡함은 이해할 수 없다는 삶의 아이러니. 이해했다는 오해와 알고 있다는 무지 속에서 인간은 소외되고 배제된다.

엄마가 죽어도 울지 않는 인간이 있다. 집단과 관계 속에서 좀처럼 웃지 않는 인간이 있다. 자신의 행동을 납득되게 설명하지 않는 인간이 있다.

275

법 앞에서 뉘우치지 않는 인간이 있다. 선고를 두려워하지 않고 목숨을 구걸하지 않는 인간이 있다. 가족과 친구, 법과 제도가 버린 죄인. 구속되고 감금당한 채 결국 죽음에 이른 실패자. 비극의 주인공의 결말은 처참했지만, 비극에 눌리지 않는 인물은 지금까지 살아남아 오늘의 현대인을 물끄러미 응시하고 있다. 하지만 이상하다. 사람들은 그 눈동자를 마주하지 못한다. 부끄러운 듯 눈을 돌리고 알 수 없는 감정에 휩싸여 고개를 푹 숙인다. 나는 인사이드에 있는데, 나는 집단에 속해 있는데, 나는 법과 제도의 보호 속에서 잘 먹고 잘 살고 있는데, 왜 이런 마음이 드는 걸까.

불친절한 문장과 건조한 문체. 긍정적인 면을 찾아볼 수 없는 비사회적인 인물. 기분 나쁘고 꺼림직한 사건과 사고. 해피하지 않은 엔딩. 알베르 카뮈의 『이방인』은 80여 년 전 출간된 소설이다. 이야기는 오래되었고 주인공 뫼르소는 허구의 인물일 뿐이다. 하지만 독자들은 배울 점 하나 없는 이

276

책에 열광했고 나쁜 인간 뫼르소를 사랑했다. 시대와 세대를 뛰어넘은 『이방인』은 언제나 누구에게나 '나'의 이야기로 읽힌다. 읽은 자는 생각에 잠기고 이내 질문하는 마음을 갖는다.

'울어야 할 때 울지 않는 것. 자신의 행동을 납득되게 설명 못하는 것. 살려고 애쓰지 않는 것. 그게 나쁜가? 분명 유죄인데 죄가 아닌 것 같은 불편함의 정체는 무엇이지? 만약 세상의 법정에 선다면 나는 나를 변호할 수 있을까?'

사실을 말하는 자는 위험하고 진실을 주장하는 자는 불편하다. 웃지 않고 울지 않는 자는 어째서인지 불온하게 느껴진다. 눈물과 웃음만이 인간됨을 증명한다. 허나 우리는 안다. 인간이 가장 비인간적일 때 사용하는 도구 역시 눈물과 웃음이라는 것을. 지친다. 소셜, 이라는 공포. 타인의 시선에 신경 쓰고 뜻 모를 표정을 감지하느라 마음이 상한다. 관계 속에서 분투하며 애쓰지만 어떤 관계 속에서도 편치 않다. 필요 없는 것들을 배우려 노력하고 목적 없이 그저 부지런하다. 가진 것 중에

277

진정으로 내 취향이라고 할 만한 것은 하나도 없다는 초라한 인식의 소유자. 홀로 되는 것은 두렵지만 함께 있는 것은 따분하다. 우리네 삶이 타인의 인정을 통해 나 자신을 구축해나가는 인정 투쟁의 역사이지만, 그래서 자기 증명의 늪과 덫에 빠져 매 순간 위선과 허위와 거짓으로 자신을 포장하며 살지만, 생각해봐야 한다. 누가 내게 증명을 요구했는지. 그런 사람이 있기는 한 건지. 내가 누구인지도 잘 모르면서 내가 되려는 서툰 연기자. 나를 보여주기 위해 보여지는 모습을 꾸며내야 하는 나와 무관한 슬픈 초상 하나. 다 관두고 싶다. 정체불명의 거룩한 진리가 아닌 내 실존으로 살고 싶은 단순한 마음. 그게 그리 나쁜 걸까.

아침마다 거울 앞에 선다. 나를 닮았지만 내가 아닌 낯선 이를 노려보는 지지부진한 일상이 또 시작됐다. 어제 오늘 그리고 내일, 반복 속에 낡아가는 거울. 이방인이 되고 싶지 않아 이방인을 욕하고 따돌렸던 군중들은 은밀히 그 이름과 얼굴을 마음에 품고 동경했다. 인간들이 원하는 인간이 되려 그토록 노력했지만, 사실 정말 되고 싶었던 건 인간들과 저만치 떨어져 표표히 걷는 저 이방인이 아니었을까? 속하지 않았으므로 소외될 수 없는 단독자. 지긋지긋한 관계망에서 벗어나고 인사이드와 아웃사이드를 과감히 탈출해 바깥에서 존재하는 나를 닮은 한 사람. 트랙에서 빠져나와 유유히 스탠드에 앉는 고독한 한 사람. 있는 모습 그대로를 보여주는, 그래서 있는 모습 그대로 발견되는, 진정한 자기 자신.

뫼르소에게 나는 배웠다. 타인의 인정이나 보증을 필요치 않는 삶이야말로 진정한 자기 이해에 이를 수 있다는 것을. 삶에 절실하지 않는 자만이 자신의 삶을 누릴 수 있는 자유를 얻게 된다는 것을. 소외를 두려워하지 않는 자는 소외될 수도 없지. 타인에게 신경 쓰느라 정작 나 자신을 돌보지 못했던, 남의 말을 열심히 듣느라 내면의 소리에 반응할 수 없었던, 나는 반성한다. 희미하게 다짐하며 나 자신에게 부탁해본다.

나는 『이방인』보다 나은 자기계발서를 읽은 적
이 없다.

미화하지 않고
패배를 아름답게
말하는 기술

1. 기다리며 알게 된 것들

　존 쿳시를 말하기 전 베케트를 읽은 경험에 대
해 먼저 이야기하고 싶다.『고도를 기다리며』를 읽
은 날이 기억난다. '무언가'가 마음에 콱 박혔다. 그
걸 어떻게 말해야 하는 걸까. 아무도 묻지 않았는
데 혼자 계속 생각했다. 이상한 감정이었지만 당시
의 내겐 그걸 표현할 언어나 형식이 없었다. 그러
나 모호하고 애매한 감상 가운데서도 명확하게 느
낀 것은 있다. 어떤 '앎'이 생겼다는 것. 알았으니

설명할 수도 있겠네, 라고 하면 한마디도 할 수 없을 것 같은 정체불명의 '앎'. 말할 수 있는 건 이제껏 배웠던 그 어떤 '앎'보다 강하고 선명하고 충격적이었다는 것뿐. 고도를 기다리는 사람들. 그들을 생각하면 축 처진 어깨. 심심한 얼굴. 허무한 농담. 그리고 여기가 아닌 다른 곳을 바라보는 먼 시선이 떠오른다. 얻어맞고, 시무룩해지고, 절망하고, 더 크게 절망하고, 실망하며, 자학하고, 자조하고, 낙담하고, 때론 죽고 싶은 기분이 들어 '죽고 싶다'는 말을 무심히 중얼거리는 블라디미르. 아무도, 아무것도 없는 벌판에 앉아 심드렁하게 그렇구나, 그렇구나, 답하는 에스트라공. 그들은 벌판에 앉아 저 너머를 바라보며, 때론 서로의 옆모습을 쳐다보며 오지 않는 고도를 기다린다. 나도 그들 옆에 앉아 고도를 기다렸다. 고도가 누구야? 고도를 왜 기다려? 고도는 왜 안 와? 언제까지 기다릴 거야? 묻고 싶었지만, 물을 만도 했지만, 그저 앉아만 있었다. 그런데 참으로 이상하지. 그렇게 알게 된 것들이 있었다. 줄거리로 요약하거나 설명할 수 없는 이야기도 있다는 것. 전후 사정과 인과와 개연과 필연으로 이해할 수 없는 상황들도 존재한다는 것. 그렇다고 사정이 없고 인과가 없다고 할 수 있나? 그건 또 아니라는 것. 그러니까 그것은 말 그대로 부조리한 '앎'이었다. 어쩌면 부조리 속에서 알아낸 것들이 진짜에 가까운 이야기일지도 모른다. 우리네 삶은 조리 있다고 착각하지만 너무도 즉흥적이고 변수가 많지 않던가.

이제 『야만인을 기다리며』를 읽은 날에 대해 말할 차례. 고도를 기다릴 때 느꼈던 이상한 기분이 다시 찾아왔다. 소설 속 누군가는 말한다. '야만인이 온다.' '곧 야만인이 쳐들어올 것이다.' 공기는 공포와 불안으로 팽팽하게 당겨지고, 사람들은 야만인이 쳐들어올 흐릿한 경계를 밤낮으로 바라보고 있었다. 하지만 야만인은 보이지 않는다. 그들 중 하나가 의아한 얼굴로 중얼거렸다. '야만인이 온다고?' '야만인이 누군데.' '야만인이 온다고 했던 사람들은 또 누군데?' '근거는?' 이렇게 묻는 인물은 소설의 주인공인 치안판사다. 나는 그의 곁에 앉아 함께 야만인을 기다렸다. 야만인을 기다리며 내가 알게 된 건 고도를 기다릴 때 알았던 '앎'과는 여러모로 성격이 달랐다. '적이 있다면 싸워야 한다. 방어해야 하고, 공격해야 한다. 왜냐고? 왜 싸워야만 하냐고? 이런 한심한 소리! 지지 않기 위해서지.' 이 말은 사람과 사회를 파괴하는, 가장 끔찍하고 비인간적인 행위를 정당화할 수 있는 무기다. 야만인은 적이고 야만인이 있는 한 우린 싸워야 한다는 논리. 그렇다면 이런 질문이 가능하다. 야만인이 있기 때문에 싸워야 하는 거라면 야만인이 사라지면 모든 게 다 해결되는 거 아닌가. 그러나 치안판사의 생각은 다르다. 기다려보니 알겠다. 어쩌면 제국이 기다리는 야만인은 없을지도 모른다. 그러나 제국은 야만인이 필요하다. 그들이 있어야 전쟁을 할 수 있고 전쟁이 있어야 제국이 유지되니까. 제국에게 야만인이 필요하다고? 적인데? 지금으로선 너무도 당연하고 어렵지 않은 통찰이지만 그 시절의 내겐 큰 충격으로 다가왔다. 자연스럽게 내가 속한 사회를 비춰봤다. 힘 있는 자가 약자

284

에게 진실을 받아내는 방식. 고통이 진실을 만들어내는 현실. 공권력의 잔인함과 부당함을 감추는 교묘한 명분과 비겁한 합리화. 이 모든 것들이 정의라는 가치 아래 모두 다 '정의로운 것'으로 받아들여지고 있었다. 아이러니하게도 우리가 정의롭기 위해선 없는 야만인이 필요했던 것이다.

소설을 많이 읽어보지 않았고 그저 열정만 가득했던 내게 『고도를 기다리며』와 『야만인을 기다리며』는 '다른 소설'이었다. 이전에 읽은 소설들에서는 발견할 수 없던 매력이 있었다. 그게 뭐냐고 묻는다면 지금도 잘 설명할 자신은 없다. 이상한 소설이었다고, 하지만 난 그게 참 좋았다고 말할 수밖에. 조금 더 자세히 설명해보라 채근하면 마지못해, 그러니까 그 소설들은 내게 이상한 '앎'을 선물해줬다고 말할 것 같다. 인물들과 함께 고도를 기다리고 야만인을 기다렸더니 자연스럽게 알게 되더라. 너도 나처럼 기다려봤으면 싶다, 라고.

2. 패배를 받아들이는 방법

『야만인을 기다리며』를 다른 관점으로 바라볼
까? 치안판사는 어떤 인물인가? 앞서 나는 그를
대단한 통찰력을 지닌 의식 있는 지식인으로 묘사
했다. 정의롭고 대범한 영웅 혹은 성자의 이미지.
그는 사실을 말하는 자다. 아닌 것을 아니라고, 본
것을 봤다고 말하고 싶을 뿐이다. '그들은 야만인
이 아니다. 그저 유목민이고 어부일 뿐이다.' 그건
주장도 아니고 캠페인도 아닌 사실 그대로다. 사실
을 말하는 자는 정의로운 자인가? 그렇게 볼 수도
있다. 사실을 말하기 위해선 용기가 필요하고 때론
불의에 맞서야 할 때도 있으니까. 그렇다면 치안판
사의 삶의 모습을 살펴보자. 그는 제국의 일원이
면서 제국의 모순을 비판하며 괴로워하는 인물이
다. 그러나 그곳에서 떠나지 않고 시스템을 거부하
지도 않는다. 자신의 정체성은 지키되 의식과 사유
는 회의적이다. 이런 인물을 일반화하자면 '회색 인
간'쯤 되겠다. 흑백이 섞여 있고 좌우로 치우치지
않으며 양쪽에 한 발씩 걸쳐 있는 인물.

치안판사는 스스로를 어떻게 생각할까? '나는 특별히 정의로운 사람은 아니다.' 사실이 그렇다. 그는 야만인에게 그 어떤 가치판단도 내리지 않는다. 동시에 자신의 힘과 상황을 이용해 어린 야만인 여자를 곁에 둔다. 사랑이라는 감정을 느끼지만 수평적인 관계에서 이루어지는 상호 간의 애정은 아니다. 그가 야만인을 사랑하는 방식 역시 제국주의적이다. 아이러니하다. 어쩐지 그는 제국주의를 비판할 자격이 없어 보인다. 그러나 나는 그의 캐릭터에 매료됐다. 세계를 바라보는 그 시선은 자신에게도 공평하게 적용된다. 자신의 행위와 결과에 대해 어떤 합리화나 정당화도 없다. 세계와 자신을 분리해 다름을 강조하려는 시도도 하지 않는다. 어찌 보면 무기력하게까지 보이는 그의 태도는 서서히 그를 추락시키고 결국엔 몰락하게 만든다. 치욕을 당하고 나락에 떨어져도 그는 끝까지 그 과정을 낭만화하지 않았고 자기변호도 하지 않았다.

『디어 존, 디어 폴』에서 존 쿳시가 폴 오스터에

게 보낸 편지 중에는 이런 내용이 있다.

> 패배라는 것은 그런 것이고, 팔레스타인 사람들은
> 패배해왔습니다. 운명이 아무리 쓰라릴지라도
> 그들은 맛보아야만 하고, 그것을 참된 이름으로
> 부르고, 삼켜야만 합니다. 패배를 받아들이되
> 건설적으로 받아들여야 합니다. 반대로,
> 건설적이지 않은 방법은 내일은 뭔가 기적이
> 일어나 모든 잘못된 것을 바로잡게 되리라는
> 보복주의자들의 꿈을 계속 키워주는 것입니다.
> 패배를 받아들이는 건설적인 방법에 관해서라면
> 독일의 1945년 이후를 보면 될 것입니다.

어찌됐든 인간은 패배하게 되고 때론 실패하며 절망을 맛보는 날이 오게 된다. 그것은 내 힘과 노력으로 방어할 수도 있지만, 느닷없이 일어나는 사건처럼 반드시 어떤 날 어떤 순간에 각각의 개인에게 발생하고야 만다. 어쩌면 그것은 서사의 영원한 테마가 아닐까. 나아가 서사가 투사하고 있는 인간

삶의 테마가 아닐까. 나는 존 쿳시의 소설을 읽을 때마다 그때의 표정을 연습해보곤 한다. 수렁에 빠진 치안판사의 얼굴. 구설과 추문으로 완전히 몰락해 딸의 집에 얹혀살아야 하는 『추락』의 실패한 교수. 그들이 절망을 삶으로 이끄는 방식이 좋다. 혹자는 실패와 절망은 마음의 문제이기 때문에 긍정적으로 생각하며 이겨내자고 한다. 해골에 담긴 물도 모르고 먹으면 달고 시원한 물이라는 식이다. 그러나 정말 그럴까? 그렇게 하루 혹은 한 시절을 보낼 수도 있지만 그것들은 실재한다. 눈을 뜨는 순간, 코너를 도는 순간에 만나게 된다. 감추는 어둠은 걷히고 불은 꺼지며 반드시 추위는 다가오고야 마는 것. 아무리 애를 써도 틈을 벌리고 삶에 끼어드는 이해할 수 없는 일들. 불운하고 불온한 것들이 우리가 딛고 선 땅을 뒤흔들기도 한다. 그것이 나 자신일 때도 있고 환멸과 치욕 같은 부끄러움일 수도 있다. 외면할 수 없는 인식. 포기할 수 없는 신념 같은 것일 수도 있다. 그러니까 안다는 것은 얼마나 슬픈가. 인식한다는 것은 얼마나 고통스러운가. 알게 된 것들과 이미 감각한 것들. 그것들을 몰랐을 때로 결코 돌아갈 수 없으니 눈을 감아도 마음의 눈은 그걸 보고 있을 것이다.

나는 존 쿳시의 소설에서 몰락하는 자가 인식의 힘으로 그것을 헤쳐나가는 한 방법을 본다. 인간의 조건은 무너져도 사유가 있는 한 그는 여전히 인간으로서 존재할 수 있다. 그것은 어떤 의미로 패배한 인간의 얼굴과 그걸 담담히 받아들이는 태도를 잔인할 정도로 무표정하게 설명한다. 그러나 그 모습은 왜 그토록 아름답게 느껴지는 걸까.

3. 사유하는 음성

존 쿳시는 자신의 글쓰기를 사유의 한 방식이라고 말했다. 그는 어떤 이야기를 재미있게 전개하거나 작가 개인의 상처나 내면을 고백하기 위해 쓰는 작가가 아니다. 그는 사유의 방식으로서 소설 쓰기를 택했고 그것에 맞게 써나갔다. 그래서인지 그의 소설은 철학서나 사회학서 혹은 역사서 같은 인문학 서적을 읽는 듯한 착각을 준다. 어떤 독자에게는 소설적이지 않게 느껴질 수도 있다. 하지만 내겐 그의 소설이 너무도 소설적으로 읽힌다.

그는 이런 편지도 남겼다.

(…) 스스로 사물을 보는 기술, 자기 머리로 이미지를 떠올리는 기술이 바로 독서 아닙니까? 그리고 독서의 아름다움은 이야기 속으로, 다른 모든 소리들을 배제하고 내 안에서 울려 퍼지는 저자의 음성 속으로 뛰어들 때 우리를 둘러싸는 〈침묵〉이 아닙니까?

일반적으로 작가들은 독자에게 명확한 이미지를 제공하려 한다. 때문에 정확한 문장이 필요하며 묘사는 디테일해야 한다. 그런데 그는 이미지를 삽입하지 않고 독자 스스로 사물을 보게 만든다. 자기 머리로 이미지를 떠올리길 바란다. 그것이 독서가 아니냐고 묻고 있다. 그의 질문에 나는 '그렇다'라고 답하고 싶다.

어쩌면 그것이 사유의 힘일지도. 사유하게 함으

로써 소설 세계의 상당 부분을 독자 스스로 건설하고 해석하게 만드는 것일지도 모른다. 그것이 때론 불편하고 번거롭지만 이 과정을 거치면 소설의 어떤 장면, 어떤 생각은 내게 이입된다. 아니, 이입을 넘어 이식될 수도 있다. 내겐 그런 방식으로 이식되어 나의 일부가 된 소설과 문장 들이 많이 있다. 그럴 때 소설의 설득력은 어디에 있을까? 그 힘은 어디에서 발생하는 걸까? 존 쿳시는 '저자의 음성'이라고 말한다. 날씨처럼 서사와 문장 전체를 뒤덮는 저자의 음성. 그걸 문체라고도, 작가의 개성이라고도 할 수 있을 것이다. 어쨌든 나는 그의 음성에 설득당했고, 그가 소설 속에서 제시한 사유에 동참했다.

인간의 변호사

소설의 법정 가장 높은 곳에 앉은 판사 단테. 피고석에 앉은 인간을 내려다보며 엄중히 말한다.

"그대는 교만하고 게으르다. 탐심과 탐식이 있고 색욕이 많으며 분노하고 질투하는 죄인이다. 본성을 억누르고 죄를 뉘우치라. 인간이 되기 위해 노력하고 정화의 산에 오르라."

인간은 고개를 떨구고 본성을 미워하며 자신을 저주한다. 그때 누군가 나타나 피고를 변호한다.

"이자는 인간입니다. 이미 인간인 자에게 인간

이 되라고 할 수는 없습니다."

그는 주위를 둘러본다. 행위로만 판단하는 배심원들은 수군대고 성난 얼굴의 군중들은 소리를 지른다. 변호사는 그들에게 묻는다.

"피고와 당신들이 다른 점은 무엇입니까. 행위는 의도의 결과가 아닙니다. 외면과 내면은 다르며 감정은 하나가 아닙니다. 보편. 평범. 정상. 정의. 이런 말들은 허위! 모두 허위입니다! 일상은 쉽지 않고 그렇게 단순하지도 않은 법. 돌을 든 위선자들이여. 누구도 누구를 판단할 수 없습니다."

"당신의 영웅은 누구입니까?"

누군가 내게 묻는다면 나는 답할 것이다.

"도스토옙스키입니다."

이 대답에 혹자는 고개를 저으며 실망감을 드러낼지도 모른다. 영웅의 사전적 의미를 설명하며 반박할지도 모른다.

"영웅이란 지혜와 재능이 뛰어나고 용맹하여 보통 사람이 하기 어려운 일을 해내는 사람을 말합니다. 그는 도박에 빠져 지내고 자기 관리도 하지 못한 실패자가 아니었던가요. 살인자를 변호하고 악한 인간의 마음을 헤아렸던, 불온하고 사회에 부적응한 나약한 글쟁이였습니다."

맞다. 안다. 그래서 그가 나의 영웅이다. 무너지고 망가졌을 때. 내 자신이 밉고 끔찍이도 싫어질 때. 세상의 영웅들은 내게 길을 알려주지 못했다. 그들은 나를 판단했고 한심하게 여겼으며 가끔 돌을 던졌다. 그는 달랐다. 내가 누군지 말해줬다. 내가 나를 이해할 수 있게 해줬다. 내가 나를 받아들일 수 있게 했고 내가 나를 감당할 수 있게 했다. 그는 내 방에 찾아왔고 함께 지하실로 내려왔다. 어떻게 인간이 그럴 수 있나 심판치 않고 왜 그럴 수밖에 없었는지 호소하는 내 말을 다 들어줬다. 죄라고 명명되는 본성들. 결과론으로만 해석하는 행위들. 그것들을 판단하기 전에 마음의 동기와 감정의 복잡함을 헤아려줬다. 그의 말은 지극히 사적이고 다소 격정적이었지만 솔직하고 정직했으며 인간적인 지혜로 가득했다.

『지하로부터의 수기』는 골방에 처박힌 사회부적
응자가 열등감에 시달려 세상을 향해 투덜거린 실
패의 기록이다. 수치를 담은 일기장이며 독기를 품
은 낙서장이다. 그런데 이상하지. 철학자들은 여기
에 뛰어난 철학이 있다 하고 심리학자들은 여기에
감정의 정체와 마음의 지도가 있다고 한다. 나는
이 책에서 소설의 위대함을 배웠다. 소설을 쓰는
것은 인간에게 인간을 돌려주는 근사한 일이다. 일
상은 가장 복잡한 서사이며 작은 인간은 누구보다
크다. 소설은 여전히, 어쩌면 영원히, 인간에게 필
요하다.

숨 쉴 곳을 찾아
떠난 이에게

　'숨'이란 무엇인가. 그게 무엇이길래 이토록 호흡이 어려운가. 산소는 충분하다. 누가 내 입을 막지 않았고 목을 조르지도 않았다. 하지만 숨이 막힌다. 평온한 집과 방에 있어도, 나를 잘 아는 가족과 친지들과 함께 있어도, 익숙한 책상과 의자에 앉아 있어도, 숨 쉬는 게 쉽지 않다. 창문을 열고 환기한다. 환경을 바꾸고 장소를 옮기고 상황을 피한다. 여기 아닌 어딘가로, 익숙한 세계를 벗어나 낯선 세계로, 사람들은 숨 쉴 곳을 찾아 떠나려 한다.(떠나고 싶다.) 하지만 모른다. 아무도, 누구도, 모른다. 숨 쉴 곳이 어디인지. 도대체 '숨'이란 무엇인지. 이야기 속 인물도 숨 쉴 곳을 찾아 떠난다. 이야기 바깥의 사람도 숨 쉴 곳을 찾아 두리번거린다. 100년 전에도, 현재도, 어쩌면 100년 후에도, '지금' '여기'에 있는 사람은 가슴을 두드리며 말하게 되리라.

"숨 쉴 곳을 찾아 떠나고 싶다."

독자는 소설을 읽는다. 인물을 발견하고 이야기를 듣는다. 하지만 때론 소설이 독자를 읽기도 한다. 사람을 발견하고 현실을 듣는다. 독자가 소설을 읽으며 느끼고 배우듯 소설이 독자를 예감하고 예상한다는 것이 말이 되는 소리인가. 소설의 서술자가 인물과 이야기를 벗어나 미래의 사람들과 세계를 향해 목소리를 낸다는 것이, 오래전 감정과 감각으로 현재의 진술을 하는 것이, 가당키나 할까? 논리적으로 불가능한 이 비문의 상상력은 읽는 이에게는 가능하다. 한 세기 전에 살았던 평범한 사람의 이야기가 정확히 이 시대에 겹쳐져 오늘의 현실을 비추는 거울로 작동한다는 것을 읽은 자는 알 테니까.

조지 오웰의 『숨 쉴 곳을 찾아서』를 처음 읽었을 때는 당연하게도 숨 쉬러 나가는 주인공에게 이입됐었다. 인물이 바라본 세계. 그 세계에서 일어난 사건과 장면, 감정과 마음을 옛이야기를 읽고 듣듯 한 걸음 떨어져 경험했다. 그는 평범한 사람이었다. 아니, 장면마다 우스꽝스러운 모습으로 실소가 터지는 초라한 인물이었다. 그의 몸과 마음은 스스로 인식하듯 느리고 둔하고 볼품없었다. 유머가 넘쳤으나 웃음 뒤에 씁쓸한 표정을 지을 수밖에 없는 평범 이하의 루저. 그는 자신을 비하하고 단점을 전시하듯 독자들에게 몸과 마음을 꺼내 보였다.

내 얼굴은 그래도 썩 괜찮은 편이다. (…) 아직은 흰머리가 나거나 탈모가 오지 않았으니, 이를 끼우고 나면 내 나이인 마흔다섯처럼 보이지

299

않을지도 모른다.

나라는 인간은 이 녀석들을 낳고 먹여 키우기만
하면 되는 하찮은 존재, 쭈글쭈글한 꼬투리가 된
것 같은 느낌이 든다.

뚱뚱한 남자. 특히 태어나면서부터—그러니까,
어릴 적부터—뚱뚱한 남자는 사뭇 다른 길을
걷는다. 그는 다른 차원의 인생, 일종의 가벼운
희극 같은 인생을 살아간다.

그런데 읽으면 읽을수록 점점 이상한 기분을 느
꼈다. 인물이 자신의 경험을 일기나 수기처럼 말하
고 표현할수록 어째서인지 그의 삶이 사적인 영역
을 벗어나 나에게, 그리고 지금 이 시대에, 교집합
의 그물을 넓게 던지고 있었던 것이다. 물결을 덮
는 물결과 파도를 없애는 파도처럼 공감의 물은 현
재의 해변을 적시고 있었다. 100년 전 인물의 마음
이 왜 지금 내 마음과 이렇게 닮아 있는 걸까. 그

시절 삶의 조건과 내용이 어찌하여 이 시대와 이
토록 비슷하단 말인가.

아버지는 파산을 향해 가고 있었지만, 그 사실을
알지 못했다. 그저 경기가 아주 안 좋고, 거래가
서서히 줄어들고, 생활비를 대기가 점점 더
빠듯해지고 있을 뿐이었다.

1918년의 내 삶이란 정말이지 이루 말할 수 없을
정도로 무의미했다. 나는 임시 막사의 난로 옆에
앉아 소설을 읽고 있는데, 수백 킬로미터 떨어진
프랑스에서는 총성이 울려 퍼지고, 무서워서
오줌을 지리는 불쌍한 아이들을 화로에 작은 골탄
던져 넣듯 기관총 포화 속으로 밀어 넣고 있었다.
나는 운 좋은 사람 중 한 명이었다.

하지만 전쟁이 아니라 전쟁 후가 문제다. 우리는
증오의 세계, 슬로건의 세계로 빠져든다.

경기가 매우 불안정하고 거래가 서서히 줄어들고 생활이 점점 더 어려워지는 시대. 파산을 향해 가고 있는 부모님들. 하지만 일시적인 문제일 거라 막연히 낙관하는 허약한 소망. 절망의 빛을 애써 감추며 주먹을 움켜쥐는 슬픈 파이팅! 파이팅! 인터넷 검색창에 전쟁을 입력하면 지금 이 순간 벌어지는 전쟁의 기록이 실시간으로 업데이트되고 있다. 포탄이 날고 탱크가 도로를 점령하고 군인들이 마을을 점령하는 오래된 이야기가 이 시대에 멀쩡히 재현되고 있는 것이다. 구호와 전망과 대책만 난무하는 슬로건과 증오의 세계. 이 이야기가 정말 픽션인가? 이 이야기의 시대적 배경이 정말 100년 전이란 말인가?

시대는 엉망진창이고 불합리한 세계의 폐허 같은 현실은 조금도 나아지지 않았는데, 우리는 그것을 과거라고 부른다. 발전하고 있다고 착각하며 최첨단의 시스템이 나와 공동체를 야만에서 벗어나게 해줄 것이라고 굳게 믿고 있다. 이제 더는 전쟁과 질병과 가난과 폭력에 시달리는 세대가 아니라고 말하고 또 말하고 있다. 세상에, 이럴 수가! 현실이 소설보다 더 허구적이라니. 소설의 인물보다 현실감이 떨어진 사람들이라니. 겉보기에는 초라하고 어리석어 보이는 소설 속 인물이 실존하는 사람들을 향해 외치고 있다. 자신의 삶에 놓인 구질구질한 일상과 초라한 내용물을 한심하게 여기면서도, 거기에만 매몰되지 않고 타인의 삶과 이 시대를 향한 목소리를 내고 있는 것이다.

일주일에 7파운드를 벌고 두 아이를 키우는 중년 남자가 관심을 둘 법한 일에만 신경을 쓰며 살아왔다. 하지만 우리가 익숙해져 있던 옛 세계가 뿌리부터 잘려나가고 있음을 알아챌 만큼의 감각은 있다. 어떤 일이 벌어지고 있는지 느껴진다.

밥벌이를 해야 하는 사람이 그런 생각을 하는 건 그저 미련한 짓이다. 하지만 그 생각이 도통 머리를 떠나지 않았다.

이 소설이 단순히 옛날 소설이라고만 생각했을
때는 결코 듣지 못했던 목소리가 들리기 시작했다.
일인칭 주인공 시점의 자기 고백적인 목소리가 아
니라, 시대와 시간의 경계를 넘어 이야기의 바깥으
로 뚫고 나와버린 서술자의 목소리였다. "여러분"
이라고 말을 걸고 능청스럽게 "아시는지?"라고 묻
는 서술자. 그는 옛날 소설의 인물이면서 동시에
지금 이 시대를 사는 독자다. 이 목소리를 들었다
면 더 이상 서술자는 과거의 인물이 아니다. 이야
기에 갇혀 있는 자가 아니다. 이야기를 읽을 때마
다 독자에게 현재 나타나는 오늘과 내일의 사람이
다. 어쩌면 그 목소리야말로 시간을 초월하고 경계
와 구분을 무의미하게 만들어버리는 살아 있는 이
야기 그 자체일지도 모른다. 소설에서 일어나는 일
은 내게도 일어나고 있다. 이야기 속 각각의 사연
은 뉴스에서 보도되고 일상에서 반복되고 있다.
'타인의 일'이란 없다. '그 시대의 사건'이란 것도 이
제는 불가능하다.

'조지 오웰'이란 이름은 시대와 세계를 파악하는

탁월한 인식의 도구이자 언제나 유효한 지식 그 자체다. 『1984』의 '빅브라더'는 현대인과 사회 시스템을 이해할 수 있는 영원한 메타포다. 『숨 쉴 곳을 찾아서』는 누구도 강요하지 않은 싸움에서 계속 패배하는 한 인물의 지난한 삶이 소설에서만 존재하는 허구의 이야기가 아니라는 것을, 지금 당장 우리가 당면한 현실이라는 것을 받아들이게 하는 알레고리 그 자체. 때문에 '조지 오웰'이란 렌즈로 세상을 바라보면 독자는 어지럽게 흔들리는 세상에서 초점을 맞출 수 있다. 원근을 구분할 수 있으며 실상과 허상을 파악할 수 있다. 다만 그 렌즈가 깨끗하지는 않을 것이다. 그래서 답답할 것이다.

진정한 죽음이란 뇌가 멈추고, 새로운 생각을 받아들일 능력을 잃어버릴 때가 아닌가 싶다. 바로 포티어스처럼. 놀랍도록 박식하고, 놀랍도록 취향이 고상한데도 그는 변화를 받아들일 능력이 없다. 그저 똑같은 말을 되풀이하고, 똑같은 생각만 할 뿐이다. 그런 사람들이 아주 많다.

정신이 죽고 멈춰버린 사람들.

내 삶은 점점 결정화되고 있는데 나는 알아차리
지 못한다. 사고하는 힘과 의심하는 능력도 딱딱하
게 굳어가고 있다. 내가 그냥 나일 때, 내 현실이 세
계의 전부라고 받아들일 때, 그 순간 나는 그 상태
로 박제된다. 살아 있는 채로 서서히 죽어가는 삶
이다. 내 삶에 잠식되어 있을 때는 알지 못했던 것
들을 소설을 통해 알게 된다. 이해하는 능력을 갖
추고 질문에 답을 해보려는 시도를 하기 시작한다.
저 세계와 이 세계가 무엇이 다른 걸까. 옛날 사람
들은 저랬구나, 라는 생각은 곧바로 왜 내가 저기
에 있는 걸까, 라는 인식으로 뒤바뀐다. 여전히 도
처에서 일어나는 전쟁. 현대라는 고독. 사람들의
시선과 말에 구멍 뚫리고 멍들어가면서도 애써 쓸
쓸한 미소를 짓는 사람들. 몸과 마음이 멍든 이 시
대의 슬픈 뚱보들.

누구와 싸우지도 않았는데 스스로 진 사람들

이 있다. 크고 작은 전투 속에서 계속 수세에 몰리는 이들이 있다. 하지만 눈을 들어 멀리 이 세계의 바깥을 바라본다면, 숨 쉴 곳을 찾는다면, '숨'이란 무엇일까? 생각에 잠긴다면, 그는 더 이상 루저가 아니다. 라운드는 계속될 테니까. 숨 고르고 다시 링에 서게 될 테니까. 오늘과 지금을 인식하며 산다는 것은 그리하여 그 자체로 도전이 될 것이다.

작가를 떠난
영혼에게 건네는
열 개의 쪽지

0.

영혼이 동물로서 이 세상 어디에선가 영혼 자신의
삶을 살아간다고 생각하는 것은 멋진 상상이다.
이 영혼은 그 사람과 독립되어 있다. 영혼이
경험하는 것을 사람은 알 수가 없지만 그러나
사람과 그의 영혼 사이에는 어떤 관계가 존재한다.
나는 내가 나의 영혼이라고 부르는 사람과 샤먼이
자신의 영혼과 같이 사는 것처럼 그렇게 삶을
살고 싶다. 나는 내 영혼을 한 번도 보지 못하고

내 영혼과 이야기를 할 수도 없지만 그러나 내가
겪고 쓰는 모든 것은 영혼의 삶과 일치하기
때문이다. 내 영혼이 항상 어딘가 돌아다니고
있기 때문에 나는 영혼이 없는 사람처럼 보인다.

1.

『영혼 없는 작가』를 반쯤 읽었을 때 이런 생각을
했다. '언젠가 어떤 날, 나는 이 책에 대해 말하게
되리라.' 다 읽고 난 후 노트에 만년필로 또박또박
이렇게 썼다. '영혼 없는 작가의 영혼. 당신을 만나
고 싶다.'

2.

그날 이후, 다와다 요코의 글을 읽을 때마다 이
따금 생각에 잠기곤 한다. 이 문장은 다와다가 쓴
글일까, 다와다의 영혼이 쓴 글일까? 아니면 둘이
함께 쓴 글일까? 작가와 작가의 영혼은 한 몸에 깃

든 다른 존재다, 라는 은유는 다와다만의 생각은
아니다. 마리오 바르가스 요사는 『젊은 소설가에
게 보내는 편지』에서 글을 쓰고 싶어 하는(쓰는, 쓰
라는, 쓰게 만드는……) 정체불명의 느낌(욕망, 요구)
에 대해 '기생충' 때문이라고 말했다.

그 시절의 난 그 말에 고개를 끄덕였다. 그렇게
생각할 수도 있겠구나. 내게도 약간 그런 부분이
있는 것 같아. 하지만 당시 내가 동의했던 건 순전
히 은유적인 측면이었다. 만약 진짜로 글 쓰는 모
종의 존재가 내 안에서 독립된 상태로 나와 무관
한 삶을 살며 나를 조종하고 있다고 주장했다면
웃었을 거다. 그러나 『영혼 없는 작가』를 읽었을 땐
느낌이 조금 달랐다. 그 글이 요사의 글보다 더 설
득적이거나 더 논리적이기 때문에, 그래서 더 많이
수긍이 되었다는 말이 아니다. 사실 다와다의 생
각은 그야말로 시적인 인식에 가깝고 사유와 언어
에 다가서는 신비한 접근이라고 할 수 있다. 그런
데 이상했다. 그 밤. 나는 불을 끄고 누워 깜깜한
사방을 향해, 영혼이 일어서서 내 쪽을 바라보고

있다고 생각되는 그곳을 향해, 중얼거리게 된다.

3.

내가 잠들거든 다녀오렴. 어디든. 언제든. 나는 상관없다. 네가 있고 내가 없는 장소는 모든 곳이 다 새로운 세계겠지. 다녀오렴. 세계의 끝까지 달려 벼랑에서 떨어지렴. 지구는 둥그니까 너는 세계의 시작 어느 공중에서 출몰하게 될 거야. 그렇게 풍경을 모으고 바람을 모으고 동물과 식물과 구름과 빛과 어둠, 붉은 흙과 모래와 물과 얼음과 소리를 모아 오렴. 죽은 자들을 만나고 오렴. 하지 않았던 일들을 하고 와. 그 사람을 용서해줘. 가능하다면 나를 괴롭혔던 과거의 그를 죽여줄 수 있겠니. 우주든, 심해든, 태양이든, 빙벽 한가운데든, 넌 상관없겠지. 불속과 물속도 마음대로 뚫고 다니는 무적의 나의 영혼아. 하지만 약속해다오. 돌아와야 해. 꼭 돌아와야 해.

4.

열한 시간 꿈도 없이 자다 깼다. 열한 시간. 빛이
라면 우주를 날고, 새였다면 바다를 건넜을 시간.
하지만 내겐 기억이 없다. 숙면이기 때문이지. 잘
자고 일어나서 그래. 하지만 기분이 이상하다. 애
초에 기억이 없는 게 아니라 굉장히 많은 기억이
있었는데 통째로 잃어버린 듯하다. '없는 것'과 '있
다가 없는 것'은 다르다. '0'과 '1-1=0'이 다른 것처
럼. 그러니까 지금 내가 불안한 것은 기억의 값으
로서의 0이 1이 유실된 결과로서의 0이기 때문이
다. 그 기억을 누가 갖고 있을까? 입을 닫고 있는
영혼아. 말을 해줘.

5.

영혼은 어떻게 생겼을까. 누구와 닮고 무엇과 비
슷하며, 그것들과 또 얼마나 다를까. 그것은 어떤
형상일까. 일반적인 상상처럼 그림자이거나 투명하
거나 어떤 기氣로서 존재하는 자일까. 아니, 형상화

할 수 있긴 한 걸까. 다와다의 생각은 다음과 같다.

나에게는 인간의 영혼 하면 떠오르는 두 가지
이미지가 있다. 첫 번째 상상에서 영혼은 내가
튀빙겐에서 처음 먹어본 긴 하드롤빵처럼 보인다.
이 하드롤빵들은 슈바벤 지방에서는 영혼이라
부르는데 많은 사람들은 이러한 모양의 영혼을
가지고 있다. 그러나 영혼은 그 빵처럼 몸속에
자리를 잡고 있는 것이 아니다. 영혼은 오히려
몸속의 빈 구멍 같은 것인데, 이 구멍은 이러한
구멍과 같은 모양을 하고 있거나 태어나 아니면
사랑의 증기 같은 것으로 채워져야 한다.

인간의 영혼은 몰라도 내 영혼의 일부는 묘사
할 수 있겠다. 그에겐 듣는 입이 있다. 말하는 눈동
자가 있고 섬모처럼 작고 부드러운 수천 개의 팔이
있다. 그가 입을 열 때마다 비밀이 쌓이고 기억은
늘어간다. 책장의 책이 한 칸씩 채워지듯 그가 들
을 때 그의 입은 움직인다. 그의 눈동자가 가끔 나

를 응시할 때가 있다. 그의 눈동자 한가운데서 음성이 들린다. 스피커의 부드러운 검은 막처럼 떨며 울리는 한 소리가 있다. 때로 그 눈동자는 내 눈동자 안쪽에 위치해, 눈동자 둘을 부드럽게 포개어 내가 보는 것을 함께 본다. 그가 나를 만질 때가 있다. 꿈의 한가운데 떨어지듯 눈을 떴을 때 부드럽게 감겨주는 손가락들이 있다. 어느 슬픈 날. 신열에 시달려 둥글게 몸을 말고 땀을 흘리며 울고 있을 때 뒤에서 누군가 안아준 적이 있다. 나는 그가 영혼이었다고 믿는다. 두 개의 팔이 아니었다. 셀 수 없이 많은 팔로 감쌌다. 그 순간 나는 아마도, 어쩌면, 알 속에 숨은 부드러움처럼 물과 같은 것으로 해체되었을 것이다. 하지만 묘사할 수 있는 것은 가까스로 이 정도뿐. 나는 그의 전체적인 외형을 본 적도 없고 그의 얼굴을 대한 적도 없다.

6.

내 영혼은 나를 어떻게 생각할까. 나는 모른다.

하지만 나는 그에게 친근하게 군다. 때론 말을 걸고, 때론 화를 내며, 때론 만나기 위해 몸부림친다. 내가 모르게 알고 있는 것들을 알려다오. 내가 잊은 것들을 지금 이곳에 소환시켜 다오. 잊어버린 얼굴들. 잃어버린 단어들. 색채가 사라진 풍경과 더는 맛볼 수 없는 옛날의 음식들. 살갗에 닿자마자 녹는 눈처럼 사라져버린 모든 종류의 감각들. 더는 기억나지 않는 어떤 시절의 감정과 온도들. 사람들. 목소리들. 음악들. 멜로디와 기억나지 않는 첫 소절들.

때론 영혼과 나란히 앉아 책을 읽고 있다고 느낄 때가 있다. 영혼의 입장에선 관심이 없는 문장도 있고 둘 다 마음에 들어 서로의 몸을 들썩이며 밑줄을 긋는 것도 있다. 때론 나는 눈을 감았는데, 나는 무슨 말인지 모르겠는데, 영혼은 눈을 감지 않고 혼자서만 몰래 읽고 좋아하는 경우도 있다. 무슨 말인 줄 모르겠는데 좋은 것. 이해되지 않는데 이해되는 것. 이성이 아닌 순전히 감각으로만 읽히는 텍스트. 이미지를 그릴 수 없는 이미지. 오직 텍스트로만 가능한 상상의 세계. 그것들은 기억과 사고의 도움 없이 저절로 기억되고 새겨진다. 그게 왜 좋았는지, 그게 왜 가능한지 나는 모른다. 영혼의 소관이다.

노트북 앞에 앉아 나는. 노트를 펼쳐놓고 나는. 그걸 쓰려 한다. 내게 없는 기억과 감각을 쥐고 있는 영혼에게 간청한다. 알려다오. 조금만 말해줘.

7.

직관. 예감. 본능. 영감. 감각. 시적인 힘. 글쎄, 그런 것들이 정말 있는 걸까?

8.

다와다는 언어를 실존하는 생물 혹은 사물처럼 대한다. 그 부분이 나를 깊숙하게 건든다.

요즘 들어 점점 더 내 마음에 드는 독일어 단어

316

중의 하나가 '방'(zelle/세포)이라는 말이다. 이
단어 덕분에 나는 내 몸 안에 있는 작은 많은
방들을 상상해볼 수 있다. 방마다 다 소리 내는
목소리가 하나씩 들어 있다.

어떤 방의 이미지가 떠오른다. 바로 동시 통역사
를 위한 방이다. 인간의 몸 또한 통역 작업이 행해
지는 여러 방을 가지고 있다. 내 추측으로는 여기
에서는 원본이 없는 통역이 일어나고 있다. 그러나
물론 모든 인간은 태어날 때 원본 텍스트를 갖는
다는 기본 생각에서 출발하는 사람들도 있다. 그
들은 이 원본 텍스트가 보존되는 장소를 영혼이라
부른다.

생물이라면 그것의 기질과 생리적 변화와 생태
같은 것을 연구하고 관찰한다. 사물이라면 그것이
갖는 물리적 속성과 오브제로서의 의미, 주변 풍
경과의 어울림, 용도로서의 기능 같은 것을 고민한
다. 그럴 때 언어는 단순히 존재의 이름이 아니고
존재 자체가 된다. 기의를 표현하는 기호가 아닌

기호 자체가 기의가 된다. 무엇을 설명하는 도구가
아닌 스스로를 설명하는 고유한 의미가 된다.

언어가 허공에서 땅으로 내려오면 만질 수 있게
된다. 손에 쥘 수 있게 된다. 그것의 향을 맡고 그것
의 질감과 때론 그 속을 흐르는 체액과 안쪽 깊은
곳에 숨어 있는 뼈와 근육을 볼 수 있게 해준다.
맥락 없는 연상으로 떠오르는 뜬금없는 얼굴. 다
음 장에 무엇이 튀어나올지 알 수 없는 동화의 기
이한 팝업 북. 다와다가 제시하는 언어적 상상력은
자극된 적 없는 세포를 자극하고 열린 적 없는 문
을 노크한다.

9.

일기를 쓰고 싶게 하는 글. 그것은 가장 강력한
종류의 독후감이다. 어떤 아름다운 충격. 그것은
나로 하여금 위험한 구원에 이르게 한다. 고해성사
를 하고 싶다. 질 나쁜 고백을 하고 동시에 죄를 용
서받고 싶다. 기쁨이든 분노든 그것이 무엇이든 말

하고 싶게 만든다. 그러나 말할 사람은 어디에도 없다. 전화할 사람도 없고, 작가는 만날 수 없는 곳에, 때론 이 세계가 아닌 곳에, 때론 죽었고, 때론 미래의 사람이니까. 그래서 나는 내게 말해야 하는 것이다. 뭐든 쓰고 뭐든 기록해야 한다.

아름다운 문장을 읽는 도중에 기절하듯 잠들고 싶다. 그래서 꿈꾸고 싶다. 꿈속의 모든 이미지들을 기록하고 그리고 싶다. 꿈꾸고 난 뒤 밀려드는 파도 같은 잔상들을 끌어모아 문장으로 조립하고 싶다. 그러나 자고 나면 멍청이가 된다. 아무것도 기억할 수 없어 가까스로 내 이름만 희미하게 떠오른다.

10.

뱃사람보다 더 멀리 여행하고 가장 나이 많은
농부보다도 같은 장소에 더 오래 사는 사람들이
있다. 바로 죽은 사람들이다. 그래서 죽은
사람들보다 더 재미난 이야기꾼들은 없다. (…)

죽은 사람들은 그들의 상처를 감추려고 이야기를
하는 것이 아니기 때문에 그들은 근본적으로
다르게 이야기한다.

작가는 멀리 여행하고 싶다. 단 하나라도 좋으니
가장 깊은 곳까지 파 내려가고 싶다. 그래서 모조
리 다 알고 싶다. 근본적으로 다르게 말하고, 생각
하고, 쓰고 싶다. 그런 화자가 내게 있던가. 죽은 자
가 내게 있던가. 하지만 내 영혼은 알겠지. 오래전
작가를 떠나 죽음까지 겪고 온 나의 영혼은 알고
있겠지. 참 신기하지. 절망의 바보가 되어 화가 난
채 잠들어도 다음 날 새 사람이 되어 어쨌든 다른
문장을 써나가는 걸 보면. 농담이 아냐. 영혼은 있
을지 몰라.

소설이라는
부력

0.

기체나 액체 속에 있는 물체가 중력에 반하여
위로 뜨려는 힘.

중력에 반하여.

위로 뜨려는.

힘에 반하는 힘.

1.

한 사제가 있다. 그는 신의 뜻을 연구하고 이해하고픈 신학자의 마음과 신의 섭리를 몸소 체험한 신앙인의 감정을 품고 있다. 그가 평생 연구하며 읽고 또 읽은 책에는 경전이 있고, 예언서가 있고, 잠언서가 있다. 하지만 그의 눈이 오래 머물며 깊게 파고드는 건 인물의 사연이 담긴 이야기였다. 그는 주의 깊게 묵상하며 인간에 대해 발견하고 알아낸다. 신을 향해 토로하는 울부짖음. 수도 없이 휘청이며 구부러지는 연약한 마음. 수치와 부끄러움. 얼굴을 가리는 침묵. 더듬거리며 횡설수설하는 거짓과 변명들. 그는 생각하고 상상한다. 생략된 인물의 표정과 요약된 사건에 대해. 감춰진 뒷모습과 뼈에 스민 눈물과 통증에 대해.

그는 신과 인간 사이에 서 있다. 기도와 울음 속에 앉아 있다. 신을 사랑하지만 인간도 사랑하는 우유부단한 사제여. 구원에 감사하지만 구원의 바깥에 있는 이들에게 눈을 떼지 못하는 사제여. 방주에 올라타면서도 방주에 오르지 못한(않은) 이들의 이름을 중얼거리는 사제여. 의심하는 자에게 '의심하지 말라' 하면서 정작 자신은 깊고 짙은 회의감에 머무는 자여. 왜 이리 망설이나. 어찌하여 그리 답답한 얼굴로 고개만 숙이고 있나. 그는 기도인지 혼잣말인지 구분할 수 없는 작은 소리로 묵상한다.

'신의 뜻을 헤아리지만, 그래서 누구보다 신의 입장과 계획과 의지를 잘 알지만, 헤아렸기 때문에, 알았기 때문에, 망설일 수밖에 없다. 나는 왜 그러는 걸까?'

한 인간이 있다. 소설을 읽고 소설을 쓰는 자다. 그는 인간에 대해 알고 싶다. 알게 된 것에 대해 말하고 싶다. 가능하다면 인간에 관한 진짜 이야기를 하고 싶다. 그에게 소설은 그것을 가능하게 하는 도구다. 탐구의 양식이다. 그는 인간의 역사가 소설의 역사에 담겨 있다고 믿는다. '소설이? 허구에 불과한 이야기가?' 이렇게 비웃는 이들에게 그는 속으로 말한다. '모든 소설은 허구다. 하지만 진실을 드러내는 허구다.'

진실은 무엇인가. 인간은 어떤 존재인가. 현상의
이면과 내면과 배면에는 무엇이 있나. 그것은 왜
감추어졌나. 그는 알고 싶어 한다. 알게 된 것들을
소설로서 말하고 밝히고 싶어 한다. 그렇게 쓰인
문장과 소설은 그의 마음과 사유를 닮았다. 깊고
진지하다. 신중하며 엄격하다. 그래서 때론 고집스
럽고 완고하게 느껴지기도 한다. 그러나 그 깊이에
들어간 자들은 본다. 세심하게 그려낸 비밀스러운
인간의 지도를.

2.

여기. 이상한 죄책감에 시달리는 인물이 있다.
그는 착하고 순했으며 사랑받을 만했고 그래서 사
랑받았다. 내게만 사랑을 달라, 원하지 않았고 다
른 이에게는 사랑을 주지 말라, 시기하지도 않았
다. 그는 풍족한 은혜 속에서 건강하게 잘 성장해
겸손하고 온유한 자가 되었다. 내가 잘해서 받은
것이다, 나는 충분히 받을 만했다, 자랑치 않고 교

만치 않았다. 그런데 그는 죄책감을 느낀다. 도대체 왜. 그가 왜. 그런 감정을 겪어야 하는 걸까.

책責. 스스로를 꾸짖고 누군가 무엇인가에게 빚을 졌다고 느끼는 감각. 눈을 감아도 보이고 고개를 돌려도 응시하는 깊은 시선이 느껴지는 마음.

그는 축복을 받은 동생 야곱과 축복에서 배제된 형 에서가 등장하는 오래된 이야기를 다른 시각으로 보고 있다. 입장이 달라지면 해석이 바뀌고 시각이 바뀌면 보이지 않던 것이 보이기 마련. 그는 중력을 거스르며 자꾸만 떠오르는 마음의 짐을 야곱과 에서의 상황에 포개어 생각해보고 있다. 전통적이고 정통적인 해석은, 에서는 축복받지 못할 만했고 야곱은 축복받을 만했다는 것이다. 에서는 자격이 있었으나 그것의 가치를 소중히 여기지 않았고, 야곱은 자격이 없었으나 그것의 가치를 소중히 여겼다. 비록 야곱이 에서가 받을 것을 가로채기 위해 한 행동들은 얄밉고 부도덕했으나 더 원했으니, 더 간절했으니, 결과적으로 옳은 것이다. 때문에 영민한 야곱을 비난하는 목소리는 적고 둔한 에서를 비난하는 목소리는 많다. 그는 대체로 그 해석에 동의하고 받아들이지만 떠오르는 물음과 의문을 막을 길은 없다.

그는 야곱의 마음속으로 들어가 거울을 보듯 야곱을 본다.

'사랑을 더 받은 자도 슬프다.'

야곱의 눈으로 형과 에서를 보며 묻는다.

'독립적인 사람이어서 사랑을 받지 않은 것이 아니라 사랑을 받지 못해서 독립적인 사람이 된 건 아닐까…… 기울인 수고에 맞는 성과가 나오지 않은 것을 누구 탓이라고 해야 할까.'

자기의 힘으로 이룬 것이 아닌 것을 누리는 삶은 감사하고 좋지만, 그저 감사하기만 하고 좋지만은 않다. 내 힘으로 얻은 것이 아니기에 당당할 수 없고 배제된 사람들의 서러운 삶은 자꾸 눈에 밟힌다. 혹자들은 말한다. 그래도 은혜의 자리에 앉아서 얼마나 좋니. 항상 기뻐하며 범사에 감사하렴. 그는 속으로 말한다.

'그들의 입을 틀어막거나 어딘가 구멍을 파서 내

몸을 숨기고 싶다.'

하늘로부터 임한 은혜의 빛. 그 밝고 환한 땅 안쪽에 어둠이 자리하고 있다. 그것은 텅 빈 허공이며 깊이를 가늠할 수 없는 깊고 깊은 물이다. 어둠 속에 일어난 일은 보이지 않고 보이지 않으면 일어나지 않은 일로 취급된다. 어둠 속에 존재하는 것은 보이지 않고 보이지 않기에 없는 것처럼 느껴진다. 그러나 일어난 일이 있고 존재하는 것이 있다. 그는 그것이 마음속에 있다는 것을 느꼈고, 알았다. 볼 수 없기에 보지 않았고 만질 수 없기에 확인하지 않았으나 마음의 얼굴은 그것을 향했고 어둠에 익숙한 눈은 점점 밝아졌다. 어둠보다 더 어둡게 드러나는 희미한 실루엣들. 마침내 그는 인정하려 한다. 확인하려 한다. 만질 수 없는 마음의 형상을 쥐어보려 한다. 그는 어둠에 잠겨 끝이 보이지 않는 사다리를 타고 밑으로 내려가기로 결심한다. 빛으로 어둠을 물리치고 언어로 존재를 만드는 신의 방법. 창조를 모방한 창작. 그는 촛불을 켜고 노트를 펼친다. 한 문장, 한 문장, 벽돌을 쌓아 올린 언어의 집. 그는 거기에 살기로 결심했다.

3.

> 나는 아무 짓도 하지 않았다. 그렇지만 누군가
> 나로 인해 아파하는 사람이 있다면 내가 아무
> 짓도 하지 않았다고 말하는 것이 떳떳한 일일까.
> (「오래된 일기」)

「오래된 일기」를 연상케 하는 「마음의 부력」의 인물은 창세기를 모티프로 쓴 연작소설집 『사랑이 한 일』에 등장하는 인물들과 닮았고 닿아 있다. 대체 누가 하갈의 노래를 들어준단 말인가. 누가 이삭의 마음을 그토록 깊이깊이 헤아린단 말인가. 이 모든 것을 '사랑이 한 일'이라 고통스럽게 정의 내리고 그것을 설명하기 위해, 이해하고 이해시키기 위해, 인간의 내면까지 들어가고 있다. 사랑으로 한 일이 공포가 될 수 있다. 사랑으로 건넨 말이 상처가 될 수 있다. 이해하고 그 뜻을 받아들인

328

다고 할지라도 마음 깊은 곳에 잠겨 사라지지 않고 끊임없이 떠오르기를 반복하는 것이 분명히 있다고 말한다. 인간을 사랑한 사제가 없었다면, 소설을 사랑한 인간이 없었다면, 결코 알지 못했을 것이다. 이해하지 못했을 것이다. 캐내지 못했을 것이다.

신중하게 표현하는 그의 말과 그의 소설. 이긴 사람을 호명하면서도 시선은 진 사람의 뒷모습에 머물고 있다. 선택받은 자, 라는 문장 뒤에 괄호를 열고 선택받지 못한 자, 라고 쓰고 괄호를 닫는다. 결정된 인과에 대한 의심. 대의 아래 숨 죽은 인간 각각의 사정과 사연들. 모든 것을 인간의 탓이라고, 개인의 탓이라고, 행위의 탓이라고, 그도 아니면 운명의 탓이라고, 할 순 없는 것이다.

그렇게 소설에 새겨진 인간의 무늬. 인문人文. 멀리서 보면 비슷하지만 가까이 다가가면 모두 다르게 보이는 무늬들과 속으로 깊숙하게 새겨진 다채로운 결이 작가의 소설에, 새겨져 있다. 독자는 읽고, 그래서 알고, 그렇게 이해할 수 있다.

4.

나는 언젠가 노아의 마음을 생각하고 상상한 적
이 있다. 신은 타락한 인간에 실망하고 분노하여
창조한 것을 후회했다. 그리고 모두 취소하려 한다.
노아는 신의 기준에 부합하는 유일한 선한 자로서
방주에 올라탔고 크고 깊은 물에 잠기지 않고 구
원을 받는다. 그로부터 세상은 다시 시작된다. 그
는 두 번째 세계의 최초인. 선한 인간의 근원이다.
하지만 어째서인지 그는 알코올중독에 빠지게 된
다. 완전히 취해 옷을 벗고 풀밭에 누워 흐린 눈으
로 찬란한 세상을 본다. 그 눈은 무엇을 보고 있을
까. 방주에서 내린 첫날. 먹구름이 걷힌 눈부신 세
상. 빛나는 햇살이 내리쬐는 아름다운 하늘과 땅.
죄 많은 생물들이 물속에 잠겨 모두 사라진 깨끗
하게 살균된 세계. 비둘기가 날고 무지개가 뜬 창
공. 그는 신께 감사하면서도 마음 깊은 곳에서는
통증을 느꼈다. 구원받아 살 수 있었지만 그 삶은
내내 고통이었다. 해가 들지 않는 골짜기마다 주검
들이 쌓여 있었다. 노아는 봤고 잊지 않았다. 잊을

수 없었다. 노아는 얼마나 많은 무덤을 만들어야 했을까. 그것은 자신의 책임이 아니다. 하지만 죄책감을 느낀다. 살아남은 자의 죄책. 구원받은 자의 죄책. 그때마다 노아는 술을 마셨고 마셔야 했으며, 나중에는 그것에 의지하게 됐다.

나는 작가를 감히 아주 조금은 이해할 수 있다고 말하고 싶다. 그가 보고 그가 증언하고 싶은 것이 무엇인지, 나도 아주 조금은 알고 있다고 믿고 싶다. 작가에게 신은 인간을 포기하는 관념이 아니다. 도리어 인간의 손목을 움켜쥐고 끝까지 떠오르게 하는 안간힘에 가깝다. 작가는 안다. 때로는 변호하는 것이, 우기고 또 우기는 것이, 간절히 기도하는 것이, 아이처럼 떼쓰는 것이, 태양을 멈추고, 운명을 바꾸고, 신의 마음을 돌이키기도 한다는 것을.

5.

이승우의 소설을 읽을 때 '깊이'라는 단어는 서

331

사와 문장을 제대로 읽어내는 도구가 된다. 현미경의 도움 없이 인간의 눈은 세포를 볼 수 없다. 엑스레이의 도움 없이 인간의 눈은 뼈의 윤곽을 살필수 없다. 같은 의미로 독서는 단순히 '읽기'가 아니다. 때로는 '특별한 읽기'가 필요하고 그것을 도와줄 보기의 도구가 필요하다.

그의 소설에는 깊이가 있다. 아니, 깊이가 필요하다. 그가 다루는 소설은 수직적이다. 보편적으로 서사는 수평적으로 진행된다. 넓게 확장되며 앞을 향해 전개되거나 과거에 있던 일들이 현재로 소환되거나 겹쳐지는 식이다. 사건과 상황은 연결되고 이어지며 이야기는 흥미를 더해간다. 하지만 어떤 작가의 어떤 소설들은 넓이가 아닌 깊이를 택한다. 이야기가 나아가려는 방향으로 달려가지 않고 일부러 앞을 가로막아 지연시킨다. 고인 물이 같은 자리를 휘돌며 웅덩이를 만들고 깊어지듯 소설은 한 장면 한 사유를 깊게 파고든다. 피상의 차원에서 벌어지는 사건의 그다음 전개보다 그 사건이 발생하게 된 근원이나 이면에 숨겨진 본질과 원리에 집중한다. '왜 인물은 그렇게 할 수밖에 없는가' '왜 이 사건은 발생했는가'라는 질문 앞에서 작가는 섬세하고 진지하다.

6.

마음에 있는 어떤 말은 왜 입으로 할 수 없는 걸까. 그 말을 글로는 쓸 수 있는 마음이란 무엇일까. 왜 인간은 마음과 다르게 행동할까. 마음에도 없는 말은 왜 하는 걸까. 인간은 망할 걸 알면서, 무너질 걸 알면서 왜 그렇게 하는 걸까. 왜 인간은 모든 것을 뚫을 수 있는 창을 만든 걸까. 왜 인간은 모든 것을 막아낼 수 있는 방패를 만든 걸까. 그 창으로 그 방패를 뚫으려는 마음은 도대체 무엇일까. 삶은 왜 인간을 속이는가. 어떻게 속이는가. 자신의 잘못이 아니면서도 왜 자신의 탓이라고 하는가. 내 탓이면서 남의 탓이라고 하는가. 이야기들은 왜 그렇게 슬프지? 인물은 왜들 그리 복잡하지? 최초의 소설가는 왜 소설을 썼을까. 나는 그 소설을 왜 지금도 읽고 있을까.

소설을 읽고 쓸 때마다 마음이 내게 물었다. 물음은 점점 늘어나는데 하나도 답할 수 없었다. 앞으로 나아가지 못하고 깊게 파이는 제자리가 괴로울 때, 답답함에 지쳐갈 때, 선생에게 물었다.

'선생님. 알면 알수록 알 것이 늘어납니다. 들어가면 들어갈수록 더 깊어집니다. 안다고 생각했던 것들의 뒷면이 보입니다.'

그때마다 선생은 답해줬다. 때로는 소설로 써서 보여줬다. 나는 기억한다. 이 글을 써가는 지금 이 순간에도 오늘의 일처럼 또렷하다. 지금도 나는 그것을 믿음과 양식으로 삼고 있다.

7.

나는 이 글을 아주 많이 고쳤다. 지우고 새롭게 썼고 다시 지우고 다르게 썼다. 몇 번이고 그러기를 반복하다가 너무 답답하여 차라리 쓰지 않는 편이 좋겠다는 생각까지 했다. 언젠가 작가에 관해 내가 어떤 글을 쓸 수 있는 순간이 온다면 얼마나 좋을까, 생각한 적이 있었다. 상상만 해도 좋을 것 같았다. 기다렸다는 듯 나는 쓸 것이다. 배운 것들. 들은 것들. 함께한 시간들. 눈으로 목격한 것들. 손과 몸으로 체험한 것들. 자랑하듯, 뻐기듯, 쓰고 또 쓸 수 있을 줄 알았다. 그런데 아니었다. 그러지 못했다. 도저히 그럴 수 없었다.

작가에게 소설을 배웠다. 만약 소설이 배워서 쓸 수 있는 것이라면 나는 소설 쓰기의 거의 모든 것을 그에게 배운 셈이다. 지금은 선배 작가의 모습을 통해 여전히 배우고 있다. 그런데 그 배움이 크기가 너무 커서 담아지지 않는다.

그는 『나는 아주 오래 살 것이다』라는 책에서 다음과 같이 말했다.

나는 절필하지 않을 것이다.

나는 안다. 그는 앞으로도 절필하지 않을 것이다. 복무하는 자리에서 스스로 물러나지 않을 것이다. 그에게 있어 '소설을 산다'는 표현은 수사가 아닌 현실이며 매 순간 증명되는 실존이 될 것이다. 그가 소설을 써줘서 고맙고, 이렇게 두렵고 떨리는 마음으로 글을 쓸 수 있게 해줘서 고맙다. 어쩌면 소설도 그에게 고마워할 것 같다.

지금. 여기. 돌판에 새기듯 존경과 사랑의 마음을 남겨둔다.

밑줄 그은 책들

한 줄의 문장

· 『아침형 인간-인생을 두 배로 사는』(사이쇼 히로시 지음, 최현숙 옮김, 2003, 한즈미디어)
· 『낯설거나 새로운』(오은 외 7인 지음, 북다, 2024)
· 『옛날에 대하여』(파스칼 키냐르 지음, 송의경 옮김, 문학과지성사, 2010)
· 『걷는 듯 천천히』(고레에다 히로카즈 지음, 이영희 옮김, 문학동네, 2015)

한 줄의 밑줄

· 『세계의 가장 비참한 사람이 되리라』(박수연 외 7인 지음, 서해문집, 2019)
· 『나의 우울한 모던 보이』(이장욱 지음, 창비, 2005)
· 『오필리아의 그림자 극장』(미하엘 엔데 지음, 프리드리히 헤헬만 그림, 문성원 옮김, 베틀북, 2001)
· 『대성당』(레이먼드 카버 지음, 김연수 옮김, 문학동네, 2014)
· 『사실들』(필립 로스 지음, 민승남 옮김, 문학동네, 2018)
· 『검은 이야기 사슬』(정영문 지음, 문학과지성사, 1998)
· 『Lo-fi』(강성은 지음, 문학과지성사, 2018)
· 『마지막 강의』(롤랑 바르트 지음, 변광배 옮김, 민음사, 2015)
· 『몰락하는 자』(토마스 베른하르트 지음, 박인원 옮김, 문학동네, 2011)
· 『내가 가장 슬플 때』(마이클 로젠 지음, 퀸틴 블레이크 그림, 김기택 옮김, 비룡소, 2004)

한 줄의 생각

· 『소설의 기술』(밀란 쿤데라 지음, 권오룡 옮김, 민음사, 2013)
· 『소문의 벽』(이청준 지음, 문학과지성사, 2011)

· 『단순한 열정』(아니 에르노 지음, 최정수 옮김, 문학동네, 2012)

· 『세월』(아니 에르노 지음, 신유진 옮김, 1984Books, 2022)

· 『부테스』(파스칼 키냐르 지음, 송의경 옮김, 문학과지성사, 2017)

· 『고통에 반대하며』(프리모 레비 지음, 채세진, 심하은 옮김, 북인더갭, 2016)

· 『기후변화 시대의 사랑』(김기창 지음, 민음사, 2021)

· 『러브 노이즈』(김태용 지음, 민음사, 2021)

· 『다정한 서술자』(올가 토카르추크 지음, 최성은 옮김, 민음사, 2022)

· 『엘리자베스 코스텔로』(J. M. 쿳시 지음, 김성호 옮김, 창비, 2022)

· 『목양면 방화 사건 전말기―욥기 43장』(이기호 지음, 현대문학, 2018)

· 『이방인』(알베르 카뮈 지음, 김화영 옮김, 민음사, 2019)

· 『고도를 기다리며』(사뮈엘 베케트 지음, 오증자 옮김, 민음사, 2000)

· 『야만인을 기다리며』(J. M. 쿳시 지음, 왕은철 옮김, 문학동네, 2019)

· 『디어 존, 디어 폴』(폴 오스터, J. M. 쿳시 지음, 송은주 옮김, 열린책들, 2016)

· 『추락』(J. M. 쿳시 지음, 왕은철 옮김, 문학동네, 2024)

· 『지하로부터의 수기』(표도르 도스토옙스키 지음, 김연경 옮김, 민음사, 2010)

· 『숨 쉴 곳을 찾아서』(조지 오웰 지음, 이영아 옮김, 현암사, 2023)

· 『1984』(조지 오웰 지음, 정회성 옮김, 민음사, 2003)

· 『영혼 없는 작가』(다와다 요코 지음, 최윤영 옮김, 을유문화사, 2011)

· 『젊은 소설가에게 보내는 편지』(마리오 바르가스 요사 지음, 김현철 옮김, 새물결, 2005)

· 『오래된 일기』(이승우 지음, 창비, 2008)

· 『사랑이 한 일』(이승우 지음, 문학동네, 2020)

· 『나는 아주 오래 살 것이다』(이승우 지음, 문이당, 2002)

밑줄과 생각

초판 1쇄   2025년 2월 20일
초판 2쇄   2025년 3월 20일

지은이   정용준
펴낸이   박진숙
펴낸곳   작가정신

편집   황민지
디자인   이현희
마케팅   김영란
재무   이하은
인쇄 및 제본 한영문화사

주소   (10881) 경기도 파주시 광인사길 143 2층
대표전화   031-955-6230
팩스   031-955-6294
이메일   editor@jakka.co.kr
블로그   blog.naver.com/jakkapub
페이스북   facebook.com/jakkajungsin
인스타그램   instagram.com/jakkajungsin
출판 등록   제406-2012-000021호

ISBN   979-11-6026-355-8 03810